KB076080

사월 바다

# 사월 바다

도종환 시집

창비

차
례

## 제1부

## 제2부

제1부

# 내소사

내소사 다녀왔으므로 내소사 안다고 해도 될까
전나무 숲길 오래 걸었으므로
삼층석탑 전신 속속들이 보았으므로
백의관음보살좌상 눈부처로 있었으므로
단청 지운 맨얼굴을 사랑하였으므로
내소사도 나를 사랑한다고 믿어도 될까
깊고 긴 숲 지나
요사채 안쪽까지 드나들 수 있었으므로
나는 특별히 사랑받고 있다고 믿었다
그가 붉은 단풍으로 절정의 시간을 지날 때나
능가산 품에 깃들여 고즈넉할 때는 나도
그로 인해 깊어지고 있었으므로
그의 배경이 되어주는 푸른 하늘까지
다 안다고 말하곤 하였다
정작 그의 적막을 모르면서
종양이 자라는 것 같은 세월을 함께 보내지 않았으면서
그의 오래된 내상(內傷)과 함께 있지 않았으면서
그가 왜 직소폭포 같은 걸 내면에 지니고 있는지
그의 내면 곳곳이 왜 낭떠러지인지 알지 못하면서

어찌 사랑이라 말할 수 있을까
그의 곁에 사월 꽃등 행렬 가득하였으므로
그의 기둥과 주춧돌 하나까지 사랑스러웠으므로
사랑했다 말할 수 있을까
해 기울면 그의 그리움이
어느 산기슭과 벼랑을 헤매다 오는지 알지 못하면서
포(包)* 하나가 채워지지 않은 그의 법당이
몇백년을 어떻게 버틸 수 있었는지 알지 못하면서
그의 흐느낌 그의 살에 떨어진 촛농을 모르면서

---

* 공포(栱包): 처마의 무게를 받치려고 기둥머리에 짜 맞추어 댄 나무쪽.

# 나머지 날

고립에서 조금 더 깊은 곳으로 들어가
이층집을 짓고 살았으면 좋겠네
봄이면 조팝꽃 제비꽃 자목련이 피고
겨울에는 뒷산에 눈이 내리는 곳이면 어디든 좋겠네
고니가 떠다니는 호수는 바라지 않지만
여울에 지붕 그림자가 비치는 곳이면 좋겠네
아침기도가 끝나면 먹을 갈아 그림을 그리고
못다 읽은 책을 읽으면 좋겠네

파도처럼 밀려오는 소음의 물결에서 벗어나
적막이 들판처럼 펼쳐진 곳에서 살았으면 좋겠네
자작나무들과 이야기하고
민들레꽃과도 말이 통하면 좋겠네
다람쥐 고라니처럼 말을 많이 하지 않고도
평화롭게 하루를 살았으면 좋겠네
낮에는 씨감자를 심거나 남새밭을 일구고
남은 시간에 코스모스 모종과 구근을 심겠네

고요에서 한계단 낮은 곳으로 내려가

단풍 드는 잎들을 가까이 볼 수 있는 곳에서 살았으면 좋
겠네
　나무들이 바람에 한쪽으로 쏠리지 않는 곳에서
　한쪽으로 쏠리지 않는 이들과 어울려 지내면 좋겠네
　울타리 밑에 구절초 피는 곳이면 어디든 좋겠네
　집으로 돌아가는 길이 굽은 길이면 좋겠네
　추녀 밑에서 울리는 먼 풍경 소리 들으며
　천천히 걸어갈 수 있으면 좋겠네

　짐을 조금 내려놓고 살았으면 좋겠네
　밤에는 등불 옆에서 시를 쓰고
　그대가 그 등불 옆에 있으면 좋겠네
　하현달이 그믐달이 되어도 어디로 갔는지 묻지 않듯
　내가 어디로 가게 될지 묻지 않으며
　내 인생의 가을과 겨울이 나를 천천히 지나가는 동안
　벽난로의 연기가 굴뚝으로 사라지는 밤하늘과
　나뭇가지 사이에 뜬 별을 오래 바라보겠네

# 어느 저녁

끓어오르며 소용돌이치던 것들을
찬물에 헹구어 채반 위에 얹어놓고 나니
마음도 국수 타래처럼 찬찬히 자리를 틀고 앉았습니다
애호박을 싸박싸박 채 썰어 밀어놓는 동안
마음 한쪽이 그렇게 소리를 내며
잘려나가는 듯한 초저녁
묵은 김치를 더 잘게 썰어 얹어 한그릇의
국수를 비우는 동안 누구도 먼저
말을 꺼내지 않았습니다
그러나 저녁산 위로 짙은 쪽빛의 시간이
잉크처럼 번져 내려오듯
무어라 이름 지을 수 없는 아릿한 것이
명치끝을 타고 내려오는 게 느껴졌습니다
이승에서 이렇게 애틋함과 슬픔을
한그릇씩 나누어 먹을 수 있어 다행이라고
찔레꽃에게 말하고
한세상 사는 동안
좋은 사람과 함께 호젓한 풍경이 되어
저물 수 있던 날을 고마워하며

찬물에 젓가락을 씻어 물방울을 털어내다가
잠시 뼈와 살 사이가 시큰해졌습니다
일어서기 전에 듣고 싶어하는 말을 끝내 하지 못하고
오늘 처음 붓꽃이 피기 시작했어요 그렇게 말하고
돌아가는 그이의 발소리를 붙잡지도 못하였습니다
밤에도 검은등뻐꾸기는 울고
북두칠성 일곱 별은 그가 가는 길을 따라
몸을 틀며 별자리를 조금씩 옮기고
아까시꽃이 향기의 긴 꼬리를 그으며
별자리 뒤를 따라 올라갔습니다
불빛 하나 고개를 넘어가다 잠깐 눈물처럼
반짝이며 떨어지고 난 뒤 사방은 더 어두워졌고
호랑지빠귀가 한숨을 길게 쉬는 듯한 울음을 내뱉는 걸
숲은 다 듣고도 지상에서 일어나는 일들을
말없이 지켜보고 있었습니다

# 들국화

들국화 꽃잎에 가을 햇볕이 앉아 있다
얇고 여린 피부에서 윤이 난다
내게 들국화는 들국화 이상이다
이 세상 모든 꽃이 저마다 빛나는 얼굴을 지녔고
하나의 성기와 몇개의 꽃술을 갖고 있지만
나는 들국화만 그걸 갖고 있는 것 같다
저는 당신이 생각하는 그런 꽃이 아니에요라고
들국화는 말하지만 나는
들국화에 마음을 빼앗긴 지 오래다
꽃이파리 하나하나에 과도한 의미를 부여하고
꽃잎의 표정을 과장하여 해석하는 걸 보면서
느티나무는 내가 들국화를 사랑하는 게 아니라
나의 선망을 들국화라 부르는 거라고 말한다
그러나 들국화를 보면 마음이 끌리고
연한 빛깔 위에 내린 햇살 곁에 나란히 있고 싶고
작고 투명한 모습에서 위안을 받는다
내 팔에 기댄 채 들국화가 눈을 감고 있는 동안
그의 몸에서 번져오는 맑은 기운이 내 몸의
언덕과 골짜기를 지나 구석구석 따스하게 번져나가고

내 영혼의 물줄기가 그에게 흘러가
그의 뿌리를 적실 때도 있다
오늘도 들국화와 도란도란 이야기하고 싶고
들국화 곁에서도 문득 들국화가 궁금해진다
특별할 것 없는 들국화의 소박한 나날과
꽃잎의 흔들리는 머리칼과
짙은 녹색의 이파리와 이파리 밑에 감춰진 그늘과
가을까지 오는 동안 그를 사랑했던 짐승들과
상처와 빗줄기까지 사랑한다는 걸
들국화가 믿어주길 바란다
사랑이 왜 편애일 수밖에 없는지 알기에
가을 햇볕도 들국화 꽃잎 위에서는
반짝반짝 윤이 나는 것이리라

# 들국화 2

너 없이 어찌
이 쓸쓸한 시절을 견딜 수 있으랴

너 없이 어찌
이 먼 산길이 가을일 수 있으랴

이렇게 늦게 내게 와
이렇게 오래 꽃으로 있는 너

너 없이 어찌
이 메마르고 거친 땅에 향기 있으랴

# 정경
할슈타트에서


아름다운 정경은 사람을 선하게 한다
풍경의 전신을 대하는 순간
짧은 탄성이 저절로 새어나오지 않으면
아름다움이 아니다
탄성이 물무늬처럼 미소로 바뀌어 번져나가고
마음은 천천히 선한 빛깔로 물들게 된다
아름다운 사람을 만났을 때도 그렇다
예쁜 어린아이를 만났을 때도 그렇다
사막에 별들이 하얗게 떴을 때도 그러하다
설산 기슭 순백의 눈을 볼 때도 그러하다
마음을 선하게 하는 초저녁 성당의
성가야말로 좋은 노래다
천천히 눈가에 눈물이 맺히게 하는
오래된 영화가 좋은 영화다
할슈타트 호수에 저녁빛이 내리고 있다
그대를 생각하는 내 마음이 그러하다

## 뻐꾸기 소리

비 그친 아침나절 뻐꾸기 웁니다
고맙습니다 변두리이지만 그래도 소도시인데
뻐꾸기 소리 들을 수 있어서
이 근처 어디 그래도 둥지 틀고 그리운 목청을
나뭇가지 사이로 날려보낼 숲이 있어서
잔가지 물어다 거처를 마련하고
소리쳐 누군가를 불러보는 거겠지요
소리의 깃털로 길게 쓸고 가는 허공은 청아합니다

병들어 이틀을 고요히 굶었습니다
고맙습니다 안해본 일 하느라
몸의 근육들이 곤두서고 남을 자주 미워하곤 하는데
가끔 이렇게 멈춰 세워주시고
비울 수 있게 해주셔서
들끓던 것들이 가라앉고 그 자리에 빈 하늘이나
뻐꾸기 소리가 내려와 앉는 동안
내 속에서 나를 따르던 것들이 정좌하고 앉습니다
──내 그림자도 그 옆에서 고요합니다

흐린 날을 주셔서 고맙습니다
뜨거운 대지를 식힐 수 있는 때도
재구름 가득한 이런 날입니다
실패는 다시 절제에 대해 생각하게 합니다
폭염과 폭우가 교차하는 지난 몇주 동안
노각나무는 흰 꽃을 잃고 나는 평정을 잃었습니다
나는 맑은 날을 위해서만 기도하는 사람이 아닙니다
나는 뻐꾸기 소리만 들어도 걸음을 멈추고
씀바귀꽃에도 노랗게 물드는 사람입니다

뻐꾸기 소리가 어린 사과의 엉덩이에 묻은
빗방울을 털어내고 있습니다
고맙습니다 아직 소년인 저들에게
최초의 시련을 알게 해주시고
조금 더 믿고 시간을 허락해주시어
늘 자기 자리를 지키면서도 해마다
스스로 제 빛깔과 이름을 만들어갈 수 있도록
저들의 운명에 아름답게 개입해주시어

# 은행나무

동짓달부터 이른 추위가 찾아오고
소설(小雪)에도 눈이 많이 오리란 걸 미리 알았는지
은행나무는 일찍 잎을 내렸다
지금은 화장기 없는 얼굴로 소조하게 서 있는 은행나무
를 나는
이 골짜기에 들어오고 난 몇해 뒤 늦봄에 만났다
푸르고 풋풋한 이파리를 내게 보여줄 때
이 나무가 그토록 찬란한 내면을 지니고 있는지
나는 알지 못했다
가을이면 이 나무의 미학에 경배하곤 했다
여러해가 지나고 다시 대처를 오가며
여기저기서 더 크고 수려한 나무를 볼 수 있었고
도감에 번듯하게 실린 나무도 만났다
내가 좋아한 은행나무가 가장 멋진 나무가 아니라
여러 나무 중의 한 나무인 것도 알게 되었다
그러는 사이 은행나무는 자기 생의 여름에서
가을로 옮겨가고 있었다
간절기에는 표피의 색깔도 회색빛이 많아지고
살갗에 실금이 그어지고 있는 것도 보였다

그래도 나는 이 나무를 좋아한다
그늘을 만들어주며 등을 기댄 날들 때문일까
열매를 만들고 그 열매를 버려야 했던 순간 때문일까
늦봄에서 여름까지 여름에서 초가을까지
함께 오는 동안 그 많은 바람을 다 맞은 때문일까
함께 물들어온 시간이 우리 생의
가장 소중한 시간이었음을
나는 겨울이 되어서야 알게 되었다
조용한 숙려의 계절을 앞에 놓고서야
정이 든다는 것이 사랑이라는 과실(果實)의
과육과 같은 것임을 알게 되었다

# 화엄 장정

화엄을 향한 대장정에서
우리는 길을 잃었습니다
미타암에서 흘러 마산천으로 가는 물소리에는
옛 목청이 없고
문수계곡에 가득하던 결사의 결기는
갈래갈래 흩어지고 말았습니다
살아 있는 동안 가릉빈가의 미묘음을 들으리라
확신한 건 아니지만
닫힌 지행문 앞에 앉아
한발짝을 더 나가지 못할 줄은 몰랐습니다
산문 밖을 향해 헌걸차던 도반들은
사막이 되어 있고
연꽃 피는 연못 밖은
오늘도 겁탁(劫濁)의 세상입니다
생사의 고통은 갈수록 깊어지고
역병은 창궐하며
견탁(見濁)의 삿된 말들은
끓는 물처럼 흘러넘칩니다
각황전을 다시 지어도

왕의 마음은 돌리지 못할 것 같고
마음 밖에는 불국토가 없으니
화엄 세상을 이루고 싶던 꿈은
일주문 안에나 머물고 말 듯싶습니다
보제루 마루에 잠시 눈을 감고 앉아
해인으로 가자는 바람 소리를 듣다가
소나무 숲길을 걸어나오며
금생에 화엄은 불가할 것 같은 예감이 드는 건
불경한 까닭일까요
화엄은 오래전에 이 땅을 떠난 건 아닐까요
천년 석탑은 대답이 없고
두류산 숲은 말이 없습니다

# 사과꽃

아프다고 썼다가 지우고 나니
사과꽃 피었습니다
보고 싶다고 썼다가 지우고 나니
사과꽃 하얗게 피었습니다
하얀 사과꽃 속에 숨은 분홍은
우리가 떠나고 난 뒤에
무엇이 되어 있을까요
살면서 가졌던 꿈은
그리 큰 게 아니었지요
사과꽃같이 피어만 있어도 좋은
꿈이었지요
그 꿈을 못 이루고 갈 것만 같은
늦은 봄
간절하였다고 썼다가 지우고 나니
사과꽃 하얗게 지고 있습니다

# 저녁노을

눈이 그쳤는데 그는 이제 아프지 않을까
지는 해를 바라보는 동안 나는 내내 아팠다
서쪽 하늘이 붉게 물드는 동안
내 안에 저녁노을처럼 번지는 통증을 그는 알까
그리움 때문에 아프다는 걸
그리움이 얼마나 큰 아픔인지를 그도 알고 있지 않을까
하루 종일 누워서 일어나지 못했다
돌아갈 수 없다는 걸 안다
돌이킬 수 없다는 것도 안다
그런데 왜 그리움은 혼자 남아 돌아가지 못하는 걸까
눈은 내리다 그쳤는데
눈발처럼 쏟아지던 그리움은
허공을 헤매다 내 곁에 내린다 아프다

# 꽃길

이 길을 가다보면 사월 하순에서
오월 초입으로 이어지는 고개가 하나 있고
그 고개 아래 수수꽃다리 한그루 서 있지요
엷고 은은한 그 꽃나무를 떠올릴 때마다
나는 당신이 꽃나무로
서 있는 것 같은 생각이 들곤 하는데요
내 발소리를 들으며 꽃문을 밖으로 열고는
잔잔하게 웃으며 소리가 건너오는 쪽을
바라보고 있을 것 같은 생각도 드는데요
펄럭이는 그리움을 날개처럼 달고
한마리 나비가 되어 나를 앞서가는
저것을 무어라 불러야 할까요
당신의 꽃그늘 아래 나란히 앉아 있는 것만으로도
마음이 편안해지고
함께 가는 모든 길이 아름다워지고
이 순간을 꽃잎처럼 바람에 맡기고 싶어지는
이것을 사랑이라 불러도 좋을까요
가장 맑은 빛깔로 막 세상에 나온 연둣빛 잎들이
그대 향기가 시작되는 곳을 향해

일제히 손을 흔드는 사월 꽃길 위에서

# 가을이 오면

가을이 오면
가을이 와서 들판을 은행잎처럼 노랗게 물들이면
나도 대지의 빛깔로 나를 물들이리라
플라타너스 잎이 그러하듯
나도 내 영혼을 가을 하늘에 맡기리라

가을이 오면
다시 연필로 시를 쓰리라
지워지지 않는 청색 잉크 말고
썼다 지울 수 있는 연필로
용서로 천천히 시를 쓰리라

가을이 오면
코스모스 같은 이를 사랑하리라
칸나같이 붉은 이 말고
들국같이 연한 빛으로 가만히 나부끼는 이를
오래 사랑하리라

가을이 와서

한알의 사과가 겸허히 익고 있으면
타는 햇살과 비바람에도 감사하리라
사과나무처럼 잠시 눈을 감고 침묵하리라
내 인생에 가을이 오면

# 목련나무

요즘도 많이 바쁘시죠
그림 전시장 문을 열고 나오다
낯익은 목소리로 인사하는 목련나무를 만났다
오랜만이에요 어떻게 지내셨어요
목련 잎을 두 손으로 잡으며 나도 반가웠다
가끔 인편에 소식은 들었어요
인편이란 말에 목련나무는 가만히 웃었다
웃는 입가로 자잘한 물살이 번져나갔다
화사한 목련꽃으로 피어 있던 날
꽃잎 하나가 휘어져 떨어져도 철렁
가슴이 내려앉던 봄날이
목련나무와 나 사이에 있었다
백자 항아리 같던 해사한 얼굴 위로
바람이 새긴 빗살무늬가 지나가고 있었다
목련 잎에도 군데군데 검버섯이 피어 있고
빗줄기가 지나간 흔적이 눈에 보였다
늘 지켜보고 있어요 하고 말하며
천천히 돌아서는 긴 그림자 위로
나뭇가지가 휘청 흔들렸고

오후에는 가을비가 내렸다
오늘밤 찬비 뿌려
계절은 가을에서 겨울로 넘어가고
목련나무 또 오래도록 볼 수 없으리라

# 엄연

안되는데 안되는데 하면서
여기까지 왔다
멈추자 멈추어야 한다 하면서
오늘도 다리를 건넜다
잘 드는 칼로 끊어버린 날도 많았다
달맞이꽃도 밤별도 알고 있으리라
바보같이 천치같이를 되풀이하며
회초리로 나를 때리며 새운 밤도 많았다
오늘도 안되는데 안되는데 하면서
오늘도 돌아가자 돌아가자 하면서

# 노란 잎


누구나 혼자 가을로 간다
누구나 혼자 조용히 물든다
가을에는 혼자 감당해야 하는 것들이 있다
그대 인생의 가을도 그러하리라
몸을 지나가는 오후의 햇살에도
파르르 떨리는 마음
저녁이 오는 시간을 받아들이는
저 노란 잎의 황홀한 적막을 보라
은행나무도
우리도
가을에는
혼자 감당해야 하는 것들이 있다

# 스승

빨랫줄에 걸린 누추한 수건처럼
내 청춘이 펄럭이고 있을 때
내겐 스승이 없었다
느티나무를 스승으로 모시고 싶었다
월악산을 스승으로 삼고 싶었다
그러나 지독한 고독만이 스승이었다
수시로 찾아오는 좌절만이 스승이었다
주위엔 찌그러진 주전자 발에 차인 깡통
반쯤 탄 연탄 같은 것들만 모여 있었으니
스승 없는 걸 탓할 형편도 못되었다
별빛이 홀로 시의 스승이었다
세속도시 한복판을 흐르는 강물이
잠깐씩 인생의 스승이었다
세로쓰기로 된 낡은 문고판이 스승이었다
거창한 스승도 등불도 없이 여기까지 왔다
내 안에도 내 스승이 없어 외로웠다
꽃이 피고 꽃이 지어 여기까지 왔다

제2부

# 저녁 구름

언제쯤 나는 나를 다 지나갈 수 있을까*
어디까지 가야 나는 끝나는 것일까
하루가 한세기처럼 지나갔으면 하고 바라는 저녁이 있
었다
내가 지나가는 풍경의 배경음악은
대체로 무거웠으므로
반복적으로 주어지는 버거운 시간들로
너무 진지한 의상을 차려입어야 하는 날이 많았으므로
슬픔도 그중의 하나였으므로
내가 있는 장면이 빨리 지나가기를 바라는 밤이 많았다
네가 떠난 뒤에는 더 그랬다
언제쯤 나는 나를 다 지나갈 수 있을까
장마를 끌고 온 구름의 거대한 행렬이
천천히 너 없는 공간을 지나가고 있었다


* 안현미의 시 「아버지는 이발사였고, 어머니는 재봉사이자 미용
  사였다」 중 "삐아졸라를 들으며 나는 내가 다 지나가기를 기다릴
  뿐"이라는 구절을 빌려 썼다.

# 난중일기

새벽에 안개비 뿌리다가 늦게는 개었다
잘 죽을 일을 생각하자
치유 불능인 걸 알면서
고통스럽게 연명하는 하루하루는 치욕
죽도록 일하고 죽도록 박해받는 날들이 너무 길다
오늘도 열순의 활을 쏘고
찬술을 마시고
저녁엔 여진이와 잤다고
붓 들어 거짓 없이 쓰자
살아 있는 동안은 전선을 떠날 수 없는데
우린 늘 중과부적
이길 수 있다고 과신하지 말고
두려움에 주눅 들지 말고
물살 치는 두려움의 복판으로 배를 저어나가자
존엄하게 죽을 수 있는 것만도
얼마나 고마운 일인가

# 서유기 1*
## 오공(悟空)


내 안에도 저런 원숭이 같은 게 있으리라
재주가 승해서
요괴들을 다 해치우고야 말겠다는
길을 막는 누구든 제압해버릴 것 같은
쉽게 격해지고 잘 참으려 하지 않는
여의봉 쥐고 바닥을 땅땅 치며 자만에 넘치는
근두운 불러 타고
한번에 십만 팔천리를 날아다니는
저런 분노의 어지러운 바람이 있으리라
그렇게 세상을 들었다 놓았다 하고 싶은
호가호위하고 싶은
내가 지금 누구를 모시고 가는지 보여주고 싶은
왜 제 이름이 오공인지 알려 하지 않는
저런 짐승 한마리 있으리라


* 고전문학자 고미숙 선생의 새로운 해석을 읽고 「서유기」 연작시
  를 쓰게 되었다.

# 서유기 2
팔계(八戒)


나는 여덟가지 계율을 지킬 수 없다
생명 있는 뭇 중생을 죽이지 말라는 계율
마음으로도 훔치지 말고
음행하지 말고 거짓말하지 말라는 말씀
향 바르고 노래하고 풍류 잡히지 말며
가서 구경하지 말라는 말씀을 지키는 일이
살아 있는 동안은 가능하지 않다
높고 크고 잘 꾸민 평상에 앉지 말라시는데
이미 그런 자리에 여러번 앉았다
때 아닐 적에 먹지 말라시지만
밤 깊도록 먹고 마시는 날이
봄에도 겨울에도 많았고
누군가를 좋아하는 마음도 감출 수 없었다
사는 동안 팔관재계 몇 계율도 지키지 못한 채
남을 비웃고 손가락질했다
오신채처럼 자극적인 것에 더 끌리는 동안
몸은 탐욕으로 비대해지고
서쪽으로 가다가 자주 길을 잃었으니
내가 저 짐승과 다를 게 없다

# 서유기 3
## 오정(悟淨)

말없이 법사의 말이나 끌고
서쪽 십만억불토(十萬億佛土)를 지난 곳에 있다는
정토(淨土)로 가는 소임만
다할 수 있어도 얼마나 다행이었으랴
우리는 지금 겁탁의 세상에 산다
굶주림과 전쟁과 질병과 재앙이 끝없는 시대
그릇된 믿음과
밑도 끝도 없는 적개심과 사악함이
도처에 출몰하는 견탁의 세상에 산다
좋은 가르침은 외면하고
삿된 법을 받아들이며
온종일 이를 전파하며
어리석게 산다
가야 할 곳을 모르는 건 아니지만
몸은 진흙탕에 산다
같은 잘못을 되풀이하며 어리석게 사는
그대도 나도 사오정이다

# 서유기 4
삼장(三藏)


그와 함께 가는 길은 멀고 험하다
우리 안에 있는 세마리 짐승을
버려야 한다고 가르치면서
그 짐승들 데리고 천축까지 간다
그들의 도움으로 하루하루 버티며
먼 길 간다
버려야 한다면서 그들 없으면 못 간다
끝까지 그들을 버릴 수 없다는 걸
누구보다 잘 안다
그래서 멀다, 천축

# 상사화

남쪽에선 태풍이 올라오는데
상사화 꽃대 하나가 쑥 올라왔다
자줏빛 꽃봉오리 두개도 따라 올라왔다
겁도 없다

숲은 어떤 예감으로 부르르 떨고 있는데
어떤 폭우 어떤 강풍 앞에서도
꽃 피우는 일 멈출 수 없다는
저 무모한
저 뜨거운

# 오베르 밀밭에서

우리는 그의 불행을 사랑한다
그의 격렬한 고통과 깊은 고뇌
붓자국처럼 거칠게 여기저기 찍힌 불운한 발자국과
스스로에게 총을 쏘며 극단으로 끌고 간
자학과 충동을 사랑한다
총소리를 들으며 푸드덕 날던 여러마리의 까마귀와
출렁이던 밀밭 그리고 연민으로 기우뚱거리던
지평선을 사랑한다
그게 인생이므로
우리의 생도 그처럼 잘 풀리지 않았으므로
오베르의 제일 싸구려 여인숙까지 이르는 동안
세상은 그를 눈여겨보아주지 않았으므로
그가 사랑했던 해바라기와 비에 젖은 창녀가
노랗게 질려 떨고 있는 생의 골목에는
오직 바닥만이 자리를 내주고 있었으므로
한쪽 귀라도 잘라 바치지 않을 수 없었으므로
처절하였으므로 우리는 그를 사랑한다
피 뚝뚝 흘리며 진한 커피색 계단을 걸어올라와
남루한 구석방에 너덜너덜해진 몸을 부릴 때

지친 구두와 다 짜버린 그림물감과
몇번을 다시 덧칠해서 쓴 화판들은
복음과는 너무 멀리 떨어진 세상을 바라보며
부들부들 떨었으리라
캔버스보다 작은 사각형 창을 통해 내려와
그의 마지막을 바라보던 저녁 햇살은
들끓던 그의 영혼이 잦아든 뒤
맑고 청빈했던 기도와
동생에게 보낸 몇장의 편지 구절을 데려갔으리라
그러나 상처는 몸을 빠져나와 그가 마지막으로 그렸던
짙푸른 구름 속을 떠돌고 있을지 모른다
우리는 그 짙고 푸른 상처를 사랑하는 것이다
푸른 별빛까지 가지 못한
칠흑의 영혼
그의 불행에 경의를 표하는 것이다
그를 사랑한다는 건 세상의 싸늘한 시선에 경련하던
그의 광기를 사랑하는 것이다
우리의 생도 늘 파탄을 향해 기우뚱거리고 있으므로
살아 있는 동안 누구도

우리의 생을 예술로 인정하지 않을 것이므로

# 골목

그 무렵 나는 내가 불편했다
나도 나를 감당하기 힘들었다
나를 문밖으로 데리고 다니는 일이 어색했다
가까운 이들은 난감해했고
사랑은 오래 머물 수 없었다
박태기꽃도 측은한 빛깔로 나를 바라보았다
스무살을 넘긴 지 몇해 지나지 않은 무렵이었다
그 이전에 오래 혼자 있었으므로
쪽방에서 세상으로 나오는 일이 여간 어렵지 않았다
그때 나와 동행하던 그늘과 어눌한 골목을 지나간다
황량하고 거친 내 안의 벌판을 따라오던 굽이진 건천
다방을 나가던 옆방의 작은 레즈비언 여자와
공업고등학교를 다니던 남동생은 지금 어디 있을까
그들이 살던 단칸방의 눅진함과 침침한 빛
한밤중에 아내를 패곤 하던 주인집 남자와 비명 소리는
어디까지 나를 따라오다 사그라들었을까
움츠린 그림자를 벽에 누인 채
흐느끼곤 하던 나를
길 끝에서 기다려준 이는 누구였을까

서툴고 미숙하고 기우뚱한 내 분노에 차이면서도
그 발길 옆에 피어 있던 새끼손톱만 한
풀꽃 한송이는 누구의 온기였을까
누구일까
지향 없는 몸부림을 여리고 숫된 탓이라 여기고
여기까지 나를 데려다준 이는

# 슬픔의 현

열두살이었을까 열네살이었을까
슈만의 트로이메라이를 듣다가 혼자 울었다
라디오에서 흘러나오는 현악기 소리는
창문을 빠져나가 밤하늘로
가느다란 꼬리를 끌고 올라가곤 했는데
나는 창틀을 두 손으로 잡고 가만히 울었다
창 너머엔 어두운 하늘이 광활한 밤바다처럼 출렁였는데
거기 별이 여러개 떠서 흘러다녔는데
어두운 물결 위에다 엄마라고 쓰고 나면
눈물이 한줄기 턱밑까지 내려왔다
외가에는 형제가 많았지만
둘째 형은 총에 맞아 사슴처럼 쓰러졌고
누나는 아이를 낳은 뒤 젊은 나이에 세상을 떴다
허약하여 늘 뒤처지던 나를 살려낸 건 누구일까
누나는 털실로 스웨터를 짜는 일을 잘했는데 그래서
방 여기저기 색색의 털실 뭉치들이 굴러다녔는데
그 실보다 가늘고 긴 세월 동안
눈물의 끈으로 나를 묶어 끌고 다닌 이는 누구일까
노래를 보내 이 세상이 얼마나 슬픈 곳인지를

알게 한 이는 누구일까

슬픈 노래를 내 핏줄 속에 흘려넣어

밤이면 창가에 나를 한참씩 세워두곤 하는 이는

# 늦은 십일월

나무 끝에 매달린 버즘나무 잎 몇개가
콜록거리며 몸을 흔든다
십일월이면 나도 어김없이 감기에 걸리곤 한다
이십분 일찍 강의를 끝냈다
열정이니 좌절이니 하는 말도 조금 일찍 접었다
둘째 시간이 되자 몇은 고개를 끄덕이고
몇은 끄덕이다 깜빡깜빡 졸고 한둘은 고개를 파묻었다
다음 학기부턴 그만 나오겠다고 조교에게 말해야겠다
문을 열고 나오는데 앞자리에 앉았던 학생이
선생님 너무 감동…… 하고 말하려는 순간
바람이 그 말을 가로막으며 외투 깃으로 얼굴을 덮었다
내 머리칼도 브람스의 수염처럼 흩날렸다
어디 가서 다리를 좀 쉬게 해주어야겠다
내 속에서 불편한 얼굴로 웅크리고 있는
희망이란 이름의 끈적한 덩어리를 위로해주어야겠다
안온한 선택보다 도전하고 깨지고 다시 시작하는
열정이 필요하다는 말은 좀 무리였던 것 같다
젊은이들의 영혼은 잠 속에서도 지쳐 보였다
거리는 온통 찬 바람이 뒤덮고 있는데

세상은 꼼짝도 않는데 강의실 안에서
나는 좀 과도했던 것 같다
십일월 하순은 허기보다 먼저 어둠이 온다
먼저 진 잎들이 제 몸을 발로 차며
ㅅ으로 시작하는 욕을 내뱉는 저녁의 교정
늦은 십일월은 한 시대보다 더 스산하다

## 병든 짐승

산짐승은 몸에 병이 들면 가만히 웅크리고 있는다
숲이 내려보내는 바람 소리에 귀를 세우고
제 혀로 상처를 핥으며
아픈 시간이 몸을 지나가길 기다린다

나도 가만히 있자

# 난꽃

지고 돌아와 망연히 앉았는데
난이 꽃을 피웠다
세상일로 참혹해하거나 말거나
실의에 젖어 있거나 말거나
난은 연둣빛 맑은 꽃을 피운다
남쪽에서 몰려온 태풍이 나무뿌리를 뽑고
간판을 떼어 땅에 던져도
잿빛 구름으로 덮었던 하늘을 누가
밤새 물걸레로 말끔히 닦아놓았다
너만 절박하냐고
매미는 있는 힘을 다해 울며 나뭇잎을 흔들고
작심하고 욕을 해대던 사람들도
대부분 휴가를 떠난 주말
억울해할 것 없다고
지는 날 많은 게 인생이라고
난은 말없이 꽃을 피우고 앉아 있다

# 해장국

사람에게 받지 못한 위로가 여기 있다
밤새도록 벌겋게 달아오르던 목청은 식고
이기지 못하는 것들을 안고 용쓰던 시간도 가고
분노를 대신 감당하느라 지쳐 쓰러진 살들을
다독이고 쓰다듬어줄 손길은 멀어진 지 오래
어서 오라는 말 안녕히 가라는 말
이런 말밖에 하지 않는
주방장이면서 주인인 그 남자가 힐끗 내다보고는
큰 손으로 나무 식탁에 옮겨다놓은
콩나물해장국 뚝배기에 찬 손을 대고 있으면
콧잔등이 시큰해진다
어디서 이렇게 따뜻한 위로를 받을 수 있으랴
떨어진 잎들이 정처를 찾지 못해 몰려다니는
창밖은 가을도 다 지나가는데
사람에게서 위로보다는 상처를 더 많이 받는 날
해장국 한그릇보다 따뜻한 사람이 많지 않은 날
세상에서 받은 쓰라린 것들을 뜨거움으로 가라앉히며
매 맞은 듯 얼얼한 몸 깊은 곳으로 내려갈
한숟갈의 떨림에 가만히 눈을 감는

늦은 아침

# 아모르파티*

평생 그림을 그리며 살고 싶었으나
어찌어찌하다 시인이 되었다
한사람을 오래 사랑하리라 마음먹었지만
운명은 그것도 허락하지 않았다
치열하게 살고 싶었지만
처절하게 젖는 날들이 더 많았다
소요의 한복판을 벗어나
고요의 중심으로 들어가 살 수 있는 날이 찾아와
나뭇잎 소리 바람 소리에
내 나머지 문장을 맡기려 했는데
다시 숲에서 사막으로 끌려나왔다
모래벌판으로 난 길과 낙타들의 행렬을 따라가다
오늘 수첩을 꺼내 아모르파티라고 적는다
오라 운명이여
한낮의 모래언덕과 초저녁의 푸른 초승달과
내게 오는 운명을 사랑하리라
세상은 오래도록 모래와 바람이 휘몰아치며
열사의 뜨거움과 밤의 냉기가 충돌하는 곳
쓰러질 때까지 내 운명을 지나가리라

선택하고 뉘우치고 또 나아가리라

* 라틴어로, 운명에 대한 사랑을 뜻함.

# 도요새

저기 새로운 대륙이 몰려온다
낯선 세상을 찾아가는 일이
우리의 일생이다
시작할 때마다 목숨을 걸어야 하는 것이
우리의 운명이다
우주를 움직이는 힘은 거대하나 보이지 않으며
우리 각자는 한마리 새에 지나지 않는다는 걸
잊지 말아라
우리는 빙하가 녹는 여름의 북쪽까지 갈 것이다
연둣빛 물가에서 사랑을 하고 새끼를 키울 것이다
새로운 세상 어디에나
덫과 맹금류가 기다리고 있다는 것
사람들이 우리를 기다리는 이유가
우리와 같지 않다는 것
생의 갯가에는
밀물과 썰물이 있다는 것
우리가 원하는 세상은 어디에도 없을 수 있고
이전에도 없었다는 것
그럼에도 우리는 날갯짓을 멈추지 않는다는 것

이것이 중요하다

오늘도 번개의 칼끝이 푸른 섬광으로 하늘을 가르는

두렵고 막막한 허공을 건너가지만

우직하게 간다는 것

날갯죽지 안쪽이 뜨겁다는 것

갈망한다는 것

우리가 도요새라는 것

생을 다 던져 함께 도달하는 것

그것이 우리에게 남겨진

마지막 숙제라는 것

그래서 포기하지 않고 새로운 세상을 찾아가는 것

이것이 도요새의 일생이라는 것이다

저기 또 새로운 대륙이 몰려온다

제3부

# 폭포

숲에서 나를 본 적이 있는 짐승들은 고개를 갸우뚱한다
강물이었을 때의 내 목소리와 얼굴빛을 기억하는 이들은
애써 나를 외면하려 한다
키 큰 삼나무들과 내가 얼마나 잘 어울렸는지 말하며
실망스러워하는 낯빛이 역력하다
물의 심성은 본래 고요하고 목청 또한 거칠지 않다
낮에도 매발톱꽃 사이를 천천히 지나가기를 좋아하고
산양처럼 번거로운 곳을 피해 혼자 있는 걸 편하게 여
긴다
내가 한때 격류였다는 걸 아는 이들이 있다
그러나 바위와 돌들로 가로막힌 시대를 지나며
격류 아닌 물줄기가 어디 있는가
그때는 바늘잎을 가진 나무도 활엽수도
내심 우리 편이라는 걸 숲은 출렁이는 그늘로 보여주
었다
나는 간혹 뒤처지거나 순발력이 떨어질 때도 있고
너럭바위에 허리를 다쳐 계곡에서 은거한 적이 있으나
배반에 대해서는 생각해본 적이 없다
지금 내가 폭포가 되어 소리치며 가는 것은

벼랑을 만났기 때문이다

곧게 떨어지지 않으면 안되는 순간 앞에 서 있기 때문

이다

거칠다는 것과 결정적인 순간을 받아들인다는 것의

차이를 폭포는 안다

모든 폭포가 아름다운 것만은 아니라는 걸 폭포는 안다

이끼 낀 계곡을 지나고 바위를 때리며 멍이 들 때가 있

었으니

모래톱을 끼고 천천히 감돌아 갈 때도 있을 것이다

바다가 시작되는 곳에서 한생을 인계하며

거기까지 가게 될 것이다

사람들은 나를 여러가지 이름으로 부르겠지만

거기까지가 강물이다

# 다시 아침

내게서 나간 소리가 나도 모르게 커진 날은
돌아와 빗자루로 방을 쓴다
떨어져나가고 흩어진 것들을 천천히 쓰레받기에 담는다
요란한 행사장에서 명함을 잔뜩 받아온 날은
설거지를 하고 쌀을 씻어 밥을 안친다
찬물에 차르륵차르륵 씻겨나가는 뽀얀 소리를 듣는다
앞차를 쫓아가듯 하루를 보내고 온 날은
초록에 물을 준다
꽃잎이 자라는 속도를 한참씩 바라본다
다투고 대립하고 각을 세웠던 날은
건조대에 널린 빨래와 양말을 갠다
수건과 내복을 판판하게 접으며 음악을 듣는다
가느다란 선율이 링거액처럼 몸속으로
방울방울 떨어져내리는 걸 느끼며 눈을 감는다

# 화

욕을 차마 입 밖으로 꺼내 던지지 못하고
분을 못 이겨 씩씩거리며 오는데
들국화 한무더기가 발을 붙잡는다
조금만 천천히 가면 안되겠냐고
고난을 참는 것보다
노여움을 참는 게 더 힘든 거라고
은행잎들이 놀란 얼굴로 내려오며 앞을 막는다
욕망을 다스리는 일보다
화를 다스리는 게 더 힘든 거라고
저녁 종소리까지 어떻게 알고 달려오고
낮달이 근심 어린 낯빛으로 가까이 온다
우리도 네 편이라고 지는 게 아니라고

# 겨울 저녁

찬술 한잔으로 몸이 뜨거워지는 겨울밤은 좋다
그러나 눈 내리는 저녁에는 차를 끓이는 것도 좋다
뜨거움이 왜 따뜻함이 되어야 하는지 생각하며
찻잔을 두 손으로 감싸쥐고 있는 겨울 저녁
거세개탁(擧世皆濁)이라 쓰던 붓과 화선지도 밀어놓고
쌓인 눈 위에 찍힌 산짐승 발자국 위로
다시 내리는 눈발을 바라본다
대숲을 흔들던 바람이 산을 넘어간 뒤
숲에는 바람 소리도 흔적 없고
상심한 짐승들은 모습을 보이지 않은 지 여러날
그동안 너무 뜨거웠으므로
딱딱한 찻잎을 눅이며 천천히 열기를 낮추는 다기처럼
나도 몸을 눅이며 가만히 눈을 감는다

# 탄력

깊게 들이마시고
천천히 내쉬는 동안
마음의 중심을 활처럼 뒤로 끌어당긴다
고함과 거친 욕설과 몰염치와
적반하장을 앞에 두고
낭창낭창하게 휘어질 때까지
숨을 끌어들여 정지 위에 올려놓는다
그렇게 쏜 화살이 탄력 있게 날아간다
싸움도 그렇게 해야 이긴다
탄력의 힘
그게 정치력이다

# 왼손

말 없는 왼손으로
쓰러진 오른손을 가만히 잡아주며
잠드는 밤

오늘도 애썼다고
가파른 순간순간을
잘 건너왔다고

제 손으로
지그시 잡아주는
적막한 밤

어둠속에서
눈물 한방울이 깜빡깜빡
그걸 지켜보는 밤

# 새해 병상

앓아누운 채 새해 첫날을 맞았다
시베리아에서 내려온 삭풍은 나무들을 모질게 훑고 가고
통증은 주기적으로 몸을 훑고 지나갔다
새벽부터 가야 할 모임이 있고
올라야 할 산이 있고
방문하기로 한 여러 일정이 있었지만
다 접고 온종일 자리에 누워 있어야 했다
밤새 눈발이 날려 산수유나무 가지마다 눈이 쌓이고
산수유 작은 열매도 눈송이를 안고 바르르 떨고 있다
올해도 빨간 산수유 열매 같은 영혼을 지녀야겠다
한파 속에서도 딴딴한 나이테를 늘려가야겠다
시간의 건반 사이를 정신없이 옮겨다니며
인쇄된 악보를 쫓아가기 급급한 연주자가 아니라
쉼표의 신호를 놓치지 않는 연주가가 되고 싶다
쓰러져 누워야 정신이 드는 생활이 아니라
시간과 시간 사이의 절제를 익혀야겠다
창밖으로 지나가는 바람 소리가 세차다
비로소 시간보다 존재에 눈 돌리는 하루
앓아누운 채 새해 첫날을 고맙게 보낸다

# 오래된 성당

오래된 성당에 들러 오르간 소리를 듣자
성당 바닥에 낮게 깔리던 합창의 저음 옆으로
가만히 끼어들어가 보자
바람도 고요를 흔들지 못하는데
굵은 황초의 촛불을 흔드는 이는 누구일까
처음 기도를 배우던 시절 두 손 깍지 끼고 올리던
기도의 문장들을 떠올리자
나는 그때의 그 간절함으로부터
얼마나 멀리 와 있는 걸까
기도문 다섯째 줄에 이르면 염원은 더 절실해지고
성가 이삼절을 따라 부르는 동안
눈물 한줄기가 내 앞에서 나를 데리고 가던 곳을
지금도 기억하고 있다
무릎을 꿇는 것은 겸손에 나를 다시 맡기는 일
채색 유리창을 통해 들어와 나를 지켜보던 햇살
묵상하던 짧은 시간에 떠올리던 사람들
지상에서는 볼 수 없는 이도 물론 있지만
그들도 가끔 용서와 순명의 시간 중에
나를 생각하곤 할까

영성체를 모시러 가던 긴 줄 끝에
어색한 채 떠밀리듯 한발짝씩
앞으로 나아가던 그곳
내 안의 오래된 성당

# 유압문(遊鴨紋)


시상식이 길어지고 객석의 공기도 느슨해지자
앞자리 유 교수가 봉투에다 무언가 그리고 있다
물가에 버드나무 한그루 꼼꼼히 그려 세우더니
물무늬 만드는 오리 두마리를 안쪽에 그린다
앞에 있는 오리가 고개를 돌려 오른쪽 오리를 보고 있다
축사를 하시는 분이 삼십년 전 이 상을 받을 땐
상금이 오만원이었는데 그것도 떼고 줬다고
옛날이야기를 해서 모인 이들이 웃고 있는 사이
그림 옆에다 '고려 상감청자 유압문(遊鴨紋)처럼'이라고
쓰더니 내 이름을 적어 건넨다
내가 조그만 소리로 이게 뭐냐고 하니까
여유롭고 편안하게라고 짧게 대답하며 웃는다
청자에 월야유압문(月夜遊鴨紋)이나
지당유압문(池塘遊鴨紋)을 새겨넣는 마음처럼
하루하루가 질박하고 전아할 순 없겠으나
평안함을 잃지 말라는 마음이 고맙다
시상식이 시작하기 전 사람들과 인사하며
바쁘다는 말 힘들다는 말을 거듭하는
내 모습의 홍조(紅潮)를 보았던가보다

오리가 얼마나 발을 바삐 움직이는지
연못물도 알고 버드나무도 아니
발의 흔적을 지우는 연못처럼
순간순간 수평으로 돌아가라는 뜻이리라
소리로 말하지 않고 빛깔로 말하는 것들처럼
불가마 속에서도 육신을 재로 만들지 않고
비취색으로 바꾸는 것들처럼

# 아름다운 세상

아름답게 살고 싶었으나 불행하였다
아름다운 세상을 꿈꾸었으나
꿈은 잠시 품에 안겼다 새처럼 날아갔다
정의가 승리하여 거리로 달려나가 깃발을 흔들고
그 깃발이 강물처럼 흘러가는 날이 오기를 바랐다
그러나 승리한 자가 정의처럼 여겨지는 세상에서
오래 살았다
뜻을 같이하는 이들은 소수였고
우리는 자주 조롱받았다
아버지의 뜻이 하늘에서와 같이
땅에서도 이루어지소서라고 기도하다
눈물이 쏟아지는 밤이 있었다
풀벌레만 알아듣고 함께 울어주는 밤이 있었다
의지할 데가 없어 별에 의지하고
바람에 의지하는 날이 많았다
사악한 힘들은 수천년 강건하고 견고하였다
전쟁을 좋아하고 살육을 서슴지 않으며
경쟁에서 이기고 사다리를 걷어차며
사람을 팔아 돈으로 바꾸고

돈을 팔아 재산을 불리는 동안

악마가 그들의 영토 곳곳을 지켜주고 있는 것 같았다

그들은 오랜 주류였고 현세에서 승자였다

정장으로 갈아입고 음악회에 자주 갔으므로

교양 있게 행동하는 것도 그들이었다

아름답게 살고 싶었으나 힘겨웠다

그래도 아름답게 사는 꿈을 버릴 수 없어서

오늘도 노을 지는 쪽을 바라보며 오래 걸었다

노을은 붉은 제 몸을 풀어 강을 물들이며 멀리까지 갔
는데

나는 그 뒤를 어두워질 때까지 말없이 따라갔다

# 십일조

새벽에 깨어 블라인드 틈을 손가락으로 열었더니
미처 빠져나가지 못한 밤안개의 꼬리가
강 하류 쪽으로 방향을 트는 게 보인다
어머니 새벽미사 나가실 시간이다
어머니처럼 꼬박꼬박 미사에 참여하지 못하지만
하느님과는 자주 독대를 한다
독대를 한다고 특별한 대화를 나누는 건 아니다
엊그제 핀 상사화가 일찍 졌다는 말
어제 하루와 두끼 식사에 감사하고
어제도 되풀이했던 실수와 하지 말았어야 했던 말
분노하는 이들도 위로가 필요하다는 말
그런 시시콜콜한 말을 주고받는다
주로 내 혼잣말이 길고
그분은 듣기만 하실 때가 많다
내 아침기도가 고요로 채워져 있는 것도 문제이긴 하
지만
교황님과 독대할 순 없어도
하느님과 직접 만날 수 있는 건 고요 덕이다
수입의 십분의 일을 꼬박꼬박 바치지는 못하지만

대신 내 생의 십일조를 바치고 싶다
어머니가 늘 나를 위해 기도하시므로
나는 남을 위해 기도하고 세상을 위해 일하며
인생의 십분의 일을 바치고 싶다
수입의 십분의 일을 바치는 것도 큰일이지만
인생의 십분의 일을 바치는 것도
작은 일이 아니라는 걸 하느님은 아실 것이다
오늘 처리해야 할 일이 책상 가득 쌓여 있고
일정표는 이미 몇주일 치가 빼곡하게 채워져 있고
하루를 얼마나 잘게 쪼개야
연민을 위해 시간을 쓸 수 있는지 아실 터이므로
슬픔을 위해
당신을 위해 십분의 일을 쓸 수 있는지 아실 터이므로

# 설산

새벽엔 호수의 물안개가 도시 전체를 덮고
오전엔 마오이스트 반군 시위대가
부겐빌레아꽃보다 더 붉은 깃발 끝에
함성을 꽂아 들고 시내 곳곳을 덮었다
선거 혁명에 성공한 반군들이 산에서 내려오는 동안
원정대는 산악에서 자란 젊은 셸파들과
짐을 나누어 지고 줄지어 산을 올랐다
권력을 잡았던 반군 지도자가
좋은 차를 몰고 다니다 실각하고
하루에도 몇차례씩 전기가 끊어져
까마귀들은 발전기 소리에 밤마다 잠을 설쳤다
정상에 열번이나 오른 셸파도 눈사태에 쓸려 묻히고
가장 짧은 시간에 등정에 성공한 젊은이도
내려오는 길에 깃발과 함께 크레바스로 떨어졌다
손가락 몇개씩을 동상으로 잃으면서도
사람들은 오늘도 산을 오르고 내리며
때론 환호하고 때론 좌절하지만
설산은 늘 그 자리에 있었다
마차푸차레, 아무도 오르지 못한 그 산도

몇겹의 세월을 말없이 눈 속에 있었다

# 모네

경멸을 유파의 이름으로 삼으리라
데생의 기본도 안되었다는 야유를
초보들의 희미한 초벌그림에 지나지 않는다는 조롱을
역사적 배경도 없는 그림을 그리고 있다는 비웃음을
있는 그대로 접수하고 그 위에 목탄을 칠한 뒤
손가락 끝으로 천천히 지우리라
그대들이 개막식 테이프를 끊고 건배를 외치는 건물 밖
에서
우리는 낙선자 전시회를 준비하리라
우리에게 강렬하게 다가왔던 햇살
초록의 잎새 위에서 찬란하게 몸을 바꾸던 빛
그것들을 만나기 위해 화실 밖으로 나가리라
화폭 밖에서 새로운 그림을 그리리라
본 것을 다 그리지 않으리라
몇장의 수련 잎과 그 위에 앉은 불온한 구름
원근과 명암에 구애받지 않는 깊은 하늘을 옮겨오리라
수면을 덮는 짙은 녹색 물살과
그네를 타는 버들잎으로 다시 기뻐하리라
경멸, 오 고마운 경멸로

새로운 유파의 이름을 삼으리라

# 별을 향한 변명

별들이 우리를 보며 눈빛을 반짝이는 거라고 믿었다
밤마다 현실에서 불가능한 것을 꿈꾸었다
아름다운 세상을 만드는 게 가능하다고 생각했고
사람들은 모두 선한 씨앗을 지니고 있다고 믿었다
사랑이 손짓해 부르면 그를 따라야 한다고 말했고
물불 안 가리고 사랑의 강물에 뛰어들었다
이길 수 없는 것들에게 싸움을 걸었다
판판이 깨지고 나서도 지지 않았다고 우겼고
희망이 보이지 않는데도 희망을 이야기했다
시인이 아름다운 꿈을 꾸지 않으면
누가 꿈을 꾸겠느냐고 시를 썼고
견딜 수 없는 걸 견디면서도
사람들에게 포기하지 말자고 편지를 썼다
이 길을 꼭 가야 하는 걸까 물어야 할 때
이 잔이 내가 받아야 할 잔인지 아닌지를 물었다
우리가 꾼 꿈이 이루어지는 것인지 별에게 묻고
별이 대답하기도 전에 내가 먼저
꿈꾸고 사랑하고 길을 떠나자고 속삭였다
그것들이 내 불행한 운명이 되어가는 걸

별들이 밤마다 내려다보고 있었다

— 오늘밤에도 별이 바람에 스치운다*

* 윤동주 「서시」 마지막 행.

# 존 리 신부*

쇠를 불에 달구어 이마에 문신을 새길 때도
여간해선 울지 않는다는 남수단 소년 전사들이
고개를 떨구고 하염없이 운다
존 리 신부의 사진을 창틀 옆에 세우고
병든 입술로 사진에 입을 맞추며 흑인 할머니가 운다
그는 의사의 가운을 벗고 사제가 되었다
사제가 되자 남수단 전쟁터로 들어갔다
총상을 입은 젊은이들의 썩어가는 몸과
가난과 적개심과 공포를 치료하였으며
손발이 뭉개진 한센병 환자를 찾아다니며 돌보았다
톤즈 마을 젊은이들과 벽돌 찍어 병원을 짓고
발가락이 뭉개진 이들의 발에 맞는 개인 슬리퍼를
하나씩 하나씩 만들어 신기고
성당보다 먼저 학교를 지었다
진료가 비는 시간엔 수학을 가르쳤고
총을 들던 소년들의 손에 악기를 쥐여주었다
악기를 불려면 선한 마음을 가져야 한다고 가르쳤고
브라스밴드를 만들었다
그가 마흔여덟 나이에 세상을 뜨자

병든 몸 끌고 십리 이십리 맨발로 걸어와
존 리 신부 이태석의 영정사진 앞에서
손가락이 몇개 없는 손으로 성호를 긋고는
그 손을 다시 사막이 되어버린
자기 가슴에 대고 오래 울었다
아버지를 잃은 자식처럼 울었다

* 이태석 신부(1962~2010). 부산 출생. 인제대학교 의대를 졸업한
의사였다. 1991년 살레시오수도회에 입회하였고, 2001년 사제 서
품을 받고 신부가 된 뒤 아프리카 수단 남부의 '톤즈(Tonj)'라는
마을에서 활동하였다. 세례명 요한(John)과 성씨 이(Lee)를 합
해 수단 사람들이 '존 리'라 불렀다 한다.

# 사이오아 아란도

그녀는 출근할 때마다 기분이 좋다고 했다
세 아이의 어머니이며 대학교수인 사이오아 아란도
그녀는 열정적으로 강의를 하다 말고
주머니에서 휴지를 꺼내
코를 팽 하고 소리 나게 풀고는
코 푼 종이를 다른 쪽 주머니에 넣고
이론을 현실로 가져오는 수업에 대해 설명했다
학생들에게 시장의 실패를 경험하게 하고
그 좌절이 해를 거듭하며 정교해지는 걸
지켜보는 과정에 대해서도 자세히 말했다
그때마다 짧은 상고머리 밑으로 귀고리가 찰랑거리고
자신감 넘치는 입술로 쫄깃쫄깃한 목소리를 쏟아냈다
협동조합으로 운영하는 그녀의 대학은
다른 사립대보다 보수가 많지 않고
수업은 두배나 많다고 했다 협동조합들과
동일한 노동시간을 지켜야 하기 때문이라고 했다
그녀나 그녀의 제자들은 자신들이 하는 일이
주변을 변화시킬 수 있는 것과
해고 없는 직장에 다니는 것 때문에 얼굴이 밝았다

협동조합도 이윤을 창출하기 위해 애쓰지만
그 이윤이 공동체를 위한 이익이 되게 한다고 했다
그녀의 뒤에는 몬드라곤의 심벌 이니셜이 펼쳐져 있고
그 위에 플러스 기호가 하나 반짝이고 있었는데
내가 그녀의 인생에 점수를 줄 수 있다면
그 플러스 하나를 얹어주고 싶었다
뒷산 산마루에는 하얗게 눈이 쌓여 있고
초록의 산비탈에서 풀을 뜯던 양떼가
올망졸망 줄지어 산 아래로 몰려내려오는데
그녀는 다시 힘주어 코를 풀고는
이번에는 그 종이를 윗옷 주머니에 넣는다
다양하게 오르내리는 오른손을 통해
아직도 할 얘기가 많이 남았다는 걸
짐작하게 하는 여자
쉼 없이 움직이는 입술에 한참씩
몰입하게 하는 바스크 여자

# 귀대

시외버스터미널 나무 의자에
군복을 입은 파르스름한 아들과
중년의 어머니가 나란히 앉아
이어폰을 한쪽씩 나눠 꽂고
함께 음악을 듣고 있다
버스가 오고
귀에 꽂았던 이어폰을 빼고 차에 오르고 나면
혼자 서 있는 어머니를 지켜보는 아들도
어서 들어가라고 말할 사람이
저거 하나밖에 없는 어머니도
오래오래 스산할 것이다
중간에 끊긴 음악처럼 정처 없을 것이다
버스가 강원도 깊숙이 들어가는 동안
그 노래 내내 가슴에 사무칠 것이다
곧 눈이라도 쏟아질 것처럼 흐릿한 하늘 아래
말없이 노래를 듣고 있는 두사람

제4부

# 모슬포

바람 몹시 불어 못살겠다고 못살포라 불렀어
대정에서 걸어서 모슬포에 다녀오는 날 있었지
오년이 지났어도 해배(解配)는 기약 없고
몰락의 시간은 길었지
가슴 가운데 숭숭 구멍 뚫린 바위가 되어
파도의 손바닥에 철썩철썩 얻어맞으며 막막하던 나를
물새들이 애처로이 내려다보곤 했지
얼마나 많은 슬픔들이 바다로 흘러드는지
얼마나 많은 상처들이 모여서 난바다 가득 반짝이는지
모슬포 모랫벌에 서면 알 수 있지
몹쓸포 몹쓸포 하면서도
살아야 하는 나날은 밀물처럼 밀려왔지
온종일 슬픔을 다 걸어서 모슬포에 다녀오는 날은
파도에 씻긴 몽돌을 손에 쥐고
오래오래 물결 소리 듣곤 했지
땅끝까지 와서도 오연했으나
바다를 건너와서는 그걸 내려놓기로 했지
버림받은 세월을 건너는 길은 깊어지는 길밖에 없었지
바람 속에서 천천히 먹을 갈기로 했지

바닥까지 떨어진 뒤에 너는 어찌했는지
섬에게 물어보기로 했지
독풍(毒風)은 우리를 길들이기 위해 찾아오는지
쓰러뜨리기 위해 오는지 해송에게 물어보기로 했지
아니지 이 세월을 받아들인 건 언제부터였는지
말 없는 모슬포에게 물어보기로 했지
말 없는 몹쓸포 못살포에게

## 슬픔의 통로

별들이 유난히 가까이 내려오는 밤이 있다
그믐이 다가올수록 어둠은 더 많은 별을 내보낸다
동굴 속에서 몇날 며칠 나무를 비벼 불을 일으킨
한 사내를 생각한다 불씨를 만든 것은
얼어터진 두 손이었을까 혹독한 한파였을까
삼나무를 쪼개 배를 만들게 한 것은 거친 물결
지도를 만든 것은 오랜 방황과 잃어버린 발자국
기도를 알게 한 것은 고통이 아니었을까
사랑을 가르친 것은 형언할 수 없는 외로움
경전을 쓰게 한 것은 해결할 길 없는 고뇌
시인을 만든 것은 열망이 아니라 슬픔 아니었을까
지금 가눌 길 없는 비통함으로 쓰러져 있지만
이 통증의 끝에는 어제와 다른 아침이 기다리고 있으
리라
삶과 죽음이 완만한 속도로 임무를 교대하듯
슬픔 속에서 낡은 것이 죽고 새로운 시간이 오리라
지금은 다만 천천히 깊은 슬픔의 통로를 걸어나갈 것
서둘러 눈물을 닦지 말고 흐르게 둘 것
여기까지 우리를 밀고 온 것이 좌절의 힘이었듯

약초를 알게 한 것이 상처와 고통이었듯
패배를 딛고 처절하게 한발 한발 걸어나갈 것
안에서 타오르는 불길을 다스려 온기로 바꿀 것
지금은 따뜻한 위로의 물 한잔을 건넬 시간
남을 찌르지 말고 피 묻은 분노의 칼을 거둘 것
바람이 불어오는 쪽을 바라보고
바람에 머리칼과 아픈 영혼을 맡길 것
마음의 안부를 물어볼 것
그리고 창을 열 것
그러면 별빛처럼 반짝이는 눈동자들을 만나게 되리니
그쪽으로 갈 것
그러면 신도 우리 옆에서 그쪽으로 함께 가시리니

# 눈

눈 위에 또 눈이 내린다
잃어버린 길 위에 여러날째 눈이 내린다
흩어져 반짝이는 불빛 위에 눈이 내리고
세상을 덮은 어둠 위에도 눈이 내린다
우리의 머리 위를 날아가던 힘찬 새들은 죽고
붉고 거대한 깃발을 든 한떼의 무리가
말달려 얼어붙은 대지를 짓밟고 지나간 뒤
새의 몸을 잃어버린 깃털들만
바람을 따라가다 걸음을 멈춘 채 숨을 헐떡인다
참혹함은 오래갔다
실패가 무엇인지 아는 몸은 자주 쓰러져 일어나지 못하
였고
패배를 받아들이기 어려운 정신은 빈 벌판을 쏘다녔다
밤에는 잠 못 들어 뒤척이고
낮에도 스스로를 일으켜 세우지 못하는 육신은
겨울이 골짜기에 몸을 파묻을수록 깊은 병이 들고
야만의 시대가 치욕의 시대로 이어지는 동안
날은 저물고 해가 바뀌었다
창가의 허브식물들 냉해를 입어 검푸르게 죽고

기품 있던 난 이파리 중에도 누렇게 시드는 잎 늘어나고
절망을 감당할 수 없는 이들이 연이어
세상을 버린다는 소식이 들려왔다
일어나 검은 리본을 왼쪽 가슴께에 달려다 손이 떨리고
위령미사 중에 성당 뒷자리 나무 의자에 앉아
성가대 합창을 듣다가 손수건이 젖도록 울었다
밤새워 내려 쌓인 숫눈 위에
무슨 시를 써야 할 것인가
어떤 노래를 함께 불러야 할 것인가
대답을 찾을 수 없는 질문들은 밀려와 쌓이고
새벽의 쓰라린 공복 위로 진눈깨비가 내린다
지워진 발자국 위로 젖은 눈이 내린다
한파주의보 위로 얼어붙은 계단 위로
참혹하게 젖어 있는 우리의 내일
시린 발목 위로 눈이 내린다

# 이릉대전

지려야 질 수 없는 싸움이었다
효정을 점령한 여세를 몰아 이릉에서 이기고
마지막 산 하나만 넘으면 형주를 취하고
손권과 오나라를 제압할 수 있는 싸움이었다
관운장의 넋을 위로하고 한을 풀 수 있는 싸움이었다
장비와 관우를 잃은 장수들은 목숨을 던져 싸웠고
마지막 이릉성을 에워싼 채 혹서기 내내 대치하고 있
었다
그러나 유비는 육손의 화공에 대패하고 말았다
적벽대전에서 공명이 조조를 이긴 바로 그 붉은 불길
칠백리 산속에 세운 영채들은 잿더미가 되었고
선봉장 풍습과 부동 장남 사마가 같은 장수를 잃었다
정기처럼 자결한 장수도 있었고
두로와 유녕은 동오에 항복하였으며
유비가 죽은 것으로 안 손부인은
서쪽을 바라보며 애통해하다 강물에 몸을 던졌다
무엇보다 칠십만 대군을 잃었다
조자룡의 도움으로 목숨은 건졌으나
유비는 분을 삭일 수 없었다

패배를 받아들일 수 없었고
날카롭고 거칠어져 측근도 곁에 두려 하지 않았다
음습한 바람이 불 때마다 절망은 우울로 바뀌었다
지려야 질 수 없는 싸움에서도 질 때가 있고
마지막 성 하나를 넘지 못하고
무너지는 운명도 있다는 걸 공명은 알고 있었다
이듬해 백제성 영안궁에서 세상을 뜰 때
유비는 붓을 들어 유조(遺詔)를 쓰면서
촉이 마지막으로 의지해야 할 것은 결국
공명이란 이름의 지혜와
조자룡이란 이름의 용기 둘임을 눈물로 기록하였다
후세는 이 싸움을 이릉대전이라 명했다

# 장마

지붕이 새고 있었다
세숫대야와 양은그릇을 있는 대로 받쳐놓고
흙물 떨어지는 소리를 들었다
간혹 집이 흐느끼는 건 아닐까 생각했다
굽도리를 따라가며 곰팡이가 슬고
벽도 군데군데 썩어들어갔다
이 장마 속에서도 향응을 받고 뒷돈을 챙기고
그걸 감시하는 자리에 있는 이도 뇌물을 받고
젊은 군인들은 총을 난사했다
한두달 일이년 먼저 군대 왔다는 이유만으로
담뱃불로 신병들 팔뚝을 지지고
고막이 터지도록 때리던 이들 여럿이
신병들 총에 맞아 죽은 뒤
국가유공자가 되어 묻히고
옆 부대에선 여럿이 보는 앞에서 자위를 시키거나
휴가 나가기 전에 성기를 칫솔로 때리곤 했다
병장은 하느님과 동격이니 나를 믿으라고
성경을 불태우기도 한 고참도 있었는데
신학대를 다니다 온 그 신병은

수류탄을 쥐고 부르르 떨었다 한다
군복 무늬를 한 수박들은 푹푹 썩어 나뒹굴고
곰팡이 슨 옷가지를 안고 세탁소로 가며
여자들은 더러워서 못살겠다고 했다
자꾸 이러면 군 사기가 떨어진다고
그러면 누가 나라를 지키느냐고 군 장성이
티브이 토론에 나와 항변을 해서 그런지
한달 넘게 내리던 비가 저녁부터 그쳤다
텃밭에선 국방색 방울토마토들이
주황색으로 익기도 전에 줄줄이 목을 매 죽었는데
나뭇잎들은 고개를 숙인 채 조용하였다

그리고 매미가 길게 울었다

# 팔월

장맛비가 남북을 오르내리는 지루한 우기도 힘들었지만
불볕더위도 견디기 쉬운 건 아니다
땡볕에 끌려나온 능소화는
순교자처럼 모가지를 늘어뜨리고 있었는데
곳곳에서 대선에 불복하는 거냐고 으름장을 놓았다
살벌한 눈빛 기세등등한 이들을 향해 노신부님이
정의가 없는 국가는 강도떼와 같다고 꾸짖으셨다
그러자 신부님 말씀은 확언이 아니라 질문으로
이해해야 한다고 신문은 주석을 달았다
장성 출신과 공안 검사들을 줄줄이 요직에 앉히고도
불안한 권력은 악령을 불러내어 전면에 내세우고
오만한 얼굴로 미소 짓게 하였다
많은 이들이 두렵고 무서운 날이 돌아왔다고 하자
청와대는 석학들을 불러와 오찬장에 앉히고는
인문학은 인간에 대한 사랑과 관심이라고
인문학적 상상력이 중요하다고 말하였다
천막 안에 앉아 땀을 흘리며 종이컵에 촛불을 끼우는
동안
검은 띠를 머리에 두른 노인들이 핏발 선 목청으로

촛불좀비들 아웃이라고 고함을 쳤다
거대한 광기가 도처에 흘러넘쳤다
뻔뻔하고 오만하고 몰상식한 방언을 내뱉고도 당당한 건
역사의 오랜 주류라는 자신감 때문이리라
곳곳에서 무너지지 않는 세력들이 뒷배를 봐주고
방송도 침묵으로 동조한다는 걸 믿기 때문이리라
얼마나 많은 칸나꽃이 멱살을 잡힌 채 끌려갈 것인가
얼마나 많은 매미들이 울다 지친 채 여름을 포기할 것
인가
사악함이 승리하고 정의가 불의를 이기지 못할 때마다
기도가 되지 않았다
많은 이들이 불행한 시대가 오리란 생각에
시가 써지지 않았다
너는 왜 절필하지 않느냐는 야유가 날아오곤 하였다
그래도 오늘 저녁 한개의 촛불로 나를 수렴한다
이렇게 꺼질 듯 꺼질 듯 다시 불붙여나가는 것이다
우리는 아스팔트에 핀 한송이 채송화에 지나지 않겠지만
군홧발 앞에서도 꽃으로 피어나던 시절을 지나왔으니
다시 악마의 성채 앞에서도 한송이 꽃으로 있는 것이다

촛불의 별밭을 만드는 꿈

꽃의 바다가 되어 흘러가는 꿈을 꾸는 것이다

# 도스또옙스끼 이후의 날들

서쪽 들판 끝에는
비스듬히 기운 햇살이 사선으로 내리는데
도심에는 빗발이 쏟아진다
뒷덜미를 타고 흐르는 빗물이
싸늘한 손끝으로 등을 훑으며 내려간다
유형지에서 돌아온 뒤에도
아름다운 꿈을 버릴 수는 없었으나
아름다움의 이면은 참혹하였다
다리 위를 건너가는 슬프고 암울한 비안개
가난한 노점상들의 옷은 비에 젖어 무겁고
일자리를 찾지 못해 실의에 찬 젊은이들로 가득해
마음의 골목은 더 어두웠다
쥐색 구름이 지붕 위를 지나가는 동안
우울은 습기처럼 방 안을 가득 채웠다
노동자들의 나라를 꿈꾸는 사람들은
얼어붙은 호수 근처에 남아
여전히 뜨거운 혁명의 말들을 쏟아내고 있었지만
그들은 오늘의 궁핍과는 너무 먼 거리에 있었다
박애 없는 세상에서 자유와 평등을 꿈꾸는 그들

빚을 갚기 위해 쫓기듯 원고를 써야 할 때나
무력감을 가누기 힘들 때마다
도박의 충동에 휩싸이거나
남은 생을 탕진해버리고 싶은 날이 있었다
몸을 쓰러뜨리기 위해 날을 세운 것들이
몸 안에서 창을 들어
심장이든 뇌수든 마구 찔러대면
감전된 듯 마룻바닥에 나뒹굴었다
몸 안에 깃들인 지 오래된 악령
이승과 저승이 함께 고통받았다
그래도 집을 옮길 때면 창밖으로
성당이 보이는 이층을 선택하곤 했다
황폐해진 몸 안에서도 종소리가 울리기를 바랐다
낙서처럼 지저분한 날들을 깨끗이 정서해주는
아내를 늦게라도 만난 건 다행이었다
그러나 내면은 여전히 전쟁터였다
오십년 백년 후에도
아름다운 나라를 세우기는 쉽지 않을 것 같았다
마음의 영토 위에도 한쪽에는 햇살

다른 한쪽에는 찬비가 내리고 있었다
몸의 절반이 백년쯤 젖어 있는 것 같았다

# 여름 일기

제주 송악산은 휴식년에 들어가고
배들은 태풍을 피해 항구로 몰려와 몸을 묶고 있는데
내륙은 불볕이다
역병으로 졸지에 아버지를 잃고
자기도 격리되어 있다가
간신히 살아난 이의 편지를 읽다가
잠시 안경을 내리고 창 너머 구름을 보고 있는데
정문 앞에 누굴 죽이라고 소리치는 노인들이
확성기를 들고 몰려와 있다
군복 입은 노인들이 많다
다 작고한 전직 대통령 때문이라고
말끝마다 핏발을 세우고
종편이 붉은 글씨로 화면을 덮는 동안
나이 사십이 넘도록 방 한칸 마련하지 못한
연극인이 고시원에서 죽은 지 닷새 만에 발견되었다
한달 평균 수입이 삼십만원이라고 했다
고시원 주인여자는 사진을 찍지 말라고 소리쳤다
낡고 오래된 고시원 벽을 타고 오르던
덩굴식물은 말라 죽은 지 오래되었고

채송화 몇포기 시멘트 바닥 사이로
안간힘을 쓰며 올라오고 있었는데
그날도 비는 오지 않았다
왜 거기 가 있느냐고 물을 때마다
대답할 말이 궁색했다
논은 갈라지고
감자 잎은 오그라드는 몸을 펴보려고 바둥대는데
무기력한 날들만이 반복되었다
난세에 믿을 만한 지도자를 갖지 못한 국민들은
아무 데나 대고 욕을 하고
울화를 풀 길 없는 젊은이들은 점점 사나워지는데
소서 지나 초복이 멀지 않다
그런 아수라장 속에서도 배롱나무가
진분홍 꽃을 피우고 있는 게 대견하다
경멸과 상극의 시간이 언제 끝날지 모르는데도
꽃을 피워야겠다는 마음이 가상하다

# 흐느끼는 예수

만일 예수가 눈발 풀풀 날리는 철거 지역에 와서
꺼멓게 타버린 슬픔의 시신을 안고 몸부림치는
늙은 여인 곁에 앉아 울고 있었다면
우리는 예수를 알아보았을까
아파트에서 뛰어내리는 해고노동자의
절망의 무게를 두 팔로 받아 안으려다
손에 피를 묻힌 채 흐느끼는 예수를 보았다면
우리는 그를 예수라고 믿었을까
가난한 자들을 벼랑 끝으로 내모는 세상을 향해
예수가 독사에 빗댄 욕을 거칠게 내뱉었다면
우리는 막말하는 그에게 실망해 등을 돌렸을까
만일 예수가 로마의 군사기지 철조망 앞에 앉아
저를 평화의 도구로 써달라고 비에 젖으며 기도했다면
그날도 노인들이 군복을 입고 교회 앞에 몰려왔을까
만일 예수가 오늘 아침 이 땅에 와서
탐욕의 식탁과 항기 없는 정원
정의 없는 권력과 이성 없는 극단
자비 없는 기도를 비판한다면
그를 다시 십자가에 못 박으려 했을까

국정원이 몇가지 비리를 언론에 넘기고
조간신문 기사로 돌팔매질한 뒤
감옥에 가두려 하지 않았을까
불법체류자나 무슨 무슨 주의자로 낙인찍어
이 땅을 떠나게 만들지 않았을까
만신창이가 된 채
진눈깨비 내리는 지평선 속으로
혼자 걸어가게 하지 않았을까

# 블루 드레스

자매여, 비닐봉지가 신이 주신 갑옷이 되진 못하리라
이 야비한 땅에서 그대는 피 흘리며 어둠의 통치자들
악한 영혼들과 맞서 싸웠다*
자매여, 그대는 민족의 투창이었다
치과대학 학생이던 그대는 온몸으로 차별에 저항하다가
납치되어 고문받으며 몇주 동안이나 발가벗겨져 있었다
그래도 그대는 동지들의 이름을 대거나
밀고하지 않았으며
키들거리고 조롱하고 모멸하는 보안경찰들 속에서
비닐봉지로 최소한의 여성을
여성의 존엄을 가리고 있다 살해당하고 말았다
필라 은드완드웨,
우리가 그대의 시신을 찾았을 때
비닐봉지는 골반에 감겨 있었다
이제 이 야만의 시대는
두번 다시 그대의 옷을 벗기지 못하리라**
폭력이 난무하는 거리 곳곳에 널린 비닐봉지를 모아
눈물로 바느질한 푸른 드레스 한벌을
그대에게 바치노니

잘 가라, 투사여

묵비와 한개의 비닐봉지가 유일한 무기였던 여인이여

*, ** 남아프리카공화국을 대표하는 화가 주디스 메이슨은 자유를
   위한 투쟁 중에 살해당한 필라 은드완드웨를 위해 버려진 파란
   비닐봉지로 드레스를 만든 뒤 그 위에 이런 편지를 썼다.

# 화인(火印)*

비 올 바람이 숲을 훑고 지나가자
마른 아카시아 꽃잎이 하얗게 떨어져내렸다
오후에는 먼저 온 빗줄기가
노랑붓꽃 꽃잎 위에 후두둑 떨어지고
검은등뻐꾸기는 진종일 울었다
사월에서 오월로 건너오는 동안 내내 아팠다
자식 잃은 많은 이들이 바닷가로 몰려가 쓰러지고
그것을 지켜보던 등대도
그들을 부축하던 이들도 슬피 울었다
슬픔에서 벗어나라고 너무 쉽게 말하지 마라
섬 사이를 건너다니던 새들의 울음소리에
찔레꽃도 멍이 들어 하나씩 고개를 떨구고
파도는 손바닥으로 바위를 때리며 슬퍼하였다
잊어야 한다고 너무 쉽게 말하지 마라
이제 사월은 내게 옛날의 사월이 아니다
이제 바다는 내게 지난날의 바다가 아니다
눈물을 털고 일어서자고 쉽게 말하지 마라
하늘도 알고 바다도 아는 슬픔이었다
남쪽 바다에서 있었던 일을 지켜본 바닷바람이

세상의 모든 숲과 나무와 강물에게 알려준 슬픔이었다
화인처럼 찍혀 평생 남아 있을 아픔이었다
죽어서도 가지고 갈 이별이었다

* 쇠를 불에 달구어 살에 찍는 도장.

# 그날

대학민주동문회 이십주년 행사에 나갔다가
「그날이 오면」이란 노래를 따라 불렀다
이십년 전 이 노래 부를 때 간절하였다
그날을 위해 수많은 이들이 감옥에 끌려갔고
학교에서 쫓겨났으며
온몸이 짓이겨지는 고문을 견디거나
한 생애를 활활 태우기도 하였으므로
그날이 온다면 얼마든지 청춘을 바칠 수 있다고 믿었다
그날이 오지 않았던 것도 아니고
그날이 얼마든지 우리를 참혹하게 할 수 있으며
그날 이후가 훨씬 더 소중하다는 것도 겪으면서
세월이 흘렀다
그날이 온다는 것이 무엇인지
그날이 온 뒤에 그날을 지킬 실력이 없으면
그날과 그날 아닌 것들이 모두 우리를
조롱하고 야유하게 되며
우리 안에서 우리가 싸워야 할 적이
다시 생긴다는 것도 알게 되었다
꽃은 지고 느티나무 잎은 푸르게 우거지고

아이들은 자라서 기념식장 사이사이를 뛰어다니는데
그날을 생각하며 노래를 부르는 동안
눈물이 나서 잠시 먼 곳을 바라보았다
그날은 오지 않을지 모른다
누구에게든 그날은 잠시 머물다 가고
회한과 실망과 배신감만이 길게 남을지 모른다
그래도 그날을 향해 또 가야 한다는 생각에
마음이 아팠다
어느 시대에도 그날은 오지 않았는지 모른다
그날이 우리 곁에 왔다고 말하던 시절에도
내 하루의 삶이 그날로 채워져 있지 않았으므로
다시 그날을 기다려야 했다
일상이 그날인 그날까지 다시 가야 한다고
나를 다독이며 마음 아렸다

# 그는 가고 나는 남았다

그는 가고 나는 남았다
그는 몰아치는 눈보라 속에서도 뜨거웠고
나보다 나를 더 사랑한 이였다
달빛이 거대한 바다를 투명한 그물로 끌어당기듯이
그가 당기면 내 청춘은 속절없이 끌려갔다
그렇게 끌려가서 나는 행복했다
그러나 사랑은 짧았고 그는 갔다
그가 가고 내가 남은 이유는 무엇일까

그는 자작나무처럼 멀리서도 희게 빛났고
나는 양지꽃처럼 눈에 잘 띄지도 않았다
그는 존재 자체가 타오르는 불꽃이었고
나는 잉걸불의 희미한 불씨였다
그는 바위산처럼 단단하고 우뚝하였으나
나는 조약돌처럼 잔물결에 씻기고 있었다
그런데 그는 가고 내가 남았다
왜 그는 가고 나는 남았을까

그가 있어서 한 시대가 열망으로 뜨거웠다

그가 깃발을 흔들면 우리는 손수건이 되어 펄럭였다
언덕 위에서 쓰러진 그를 국화꽃으로 덮어 보내면서
한 시대가 그와 함께 가버리는 것인 줄 그때는 몰랐다
그는 가고 비에 젖은 꽃처럼 나는 남았다
그가 없는 날들은 길고 남루했다
그러나 그가 가고 내가 남아 여기 있는
이유가 있을 것이라 믿었다

열정이 식은 뒤에도 살아야 하고
희망이 보이지 않는데도 일을 해야 하는 게 힘들었다
그러나 하찮고 사소한 일상을 물수건으로 닦아
빛을 내는 일 그게 내 삶이었다
나는 남아 내 안의 반역과 누추
세상의 비열함에 맞서기도 하고 마모되기도 하는
순간순간을 살았다 내가 남은
이유를 채우는 그게 내 인생이었다

# 격렬한 희망
스테판 에셀을 위하여


우리에게 총을 들게 한 것은 분노였다
저항이야말로 창조하는 정신이다
스테판 에셀은 이렇게 말했다
민주주의는 완성된 상태로 존재하지 않는다
민주주의는 실현해가야 할 긴 여정이다
지금의 상황이 암울하고 비관적일지라도
아무리 발버둥 쳐도 출구가 보이지 않을지라도
우리가 지지했던 후보가 선거에서 패배했을지라도
변화의 속도가 인내를 극도로 시험하고 있더라도
결코 포기하지 말라고 그는 말했다
살아오면서 적도 많았고
좌절의 순간도 많았으며
총을 내려놓고
따분한 서류를 뒤적여야 하는 시간은 길고
번번이 실패로 끝나는 중재도 많았지만
그는 자신이 쏟은 노력의 타당성을 의심하지 않았다
대의를 위한 행군에 투신하기 위해
치열하게 살았으나 경직되지 않았으며
이제 이 총을 넘겨받으라고 말하면서도

레지스땅스의 경건주의에 빠지는 일을 경계했다
사랑의 느낌이 그를 부를 때 거절하지 않았고
아름다움을 찬미하는 것이
인생의 중요한 명제라고 믿었으며
행복한 사람이 되어야 한다는 취향을 버리지 않았다
그는 포로수용소에서나 절망의 순간에도
희망은 어찌 이리 격렬한가
이렇게 시를 읊는 레지스땅스였다
인간 정신의 진보를 믿는
이상주의자이며 지치지 않는 낙관주의자인

# 김근태


김근태가 참혹한 고문의 날들을 빠져나왔을 때
살아나와 왼팔로 아내의 어깨를 감싸안을 때 김근태가
한마디 유언조차 남기지 못하고 세상을 떴을 때
나는 내 시의 언어로 그를 노래하지 않았다
그때마다 주저하였다
그의 영가(靈駕) 옆에서
잊었던 혁명가요 몇소절을 부르다 돌아오는 길
눈발이 몰아쳐 국밥집을 찾아들어갔다
영하의 날씨처럼 찬 소주를 털어넣으며
김근태가 없는 여백을 헐렁한 이야기로 채웠다
앞을 분간할 수 없는 칠흑의 바다 위에서 최후까지
우리를 끌고 가야 할 명료한 선장인 그의 얼굴이
한쪽으로 기울고 그가 사용하는 동사가 어눌하며
발걸음이 느려지는 게 우리는 불만이었다
그도 우리와 똑같이 고통에 예민한 살과 뼈를 지닌
한사람의 인간이라는 생각을 왜 하지 못했을까
칠성판 위에 알몸으로 꽁꽁 묶어놓고
전기로 지져대던 이십여일의 낮과 밤을 노래하지 않는
다면

욕조에 머리를 처박고 항복을 강요하던 날들을
뼈를 부러뜨리고
저항하는 조직과
민주주의의 실핏줄을 짓이기던 가을밤을
남영동 그 죽음의 방을
구둣발을 붙잡고 짐승처럼
살려달라고 매달려야 했던 피맺힌 목청을
창문도 창틀을 부여잡고 비명 소리에 고개를 돌리던
그 외딴곳을 노래하지 않는다면
시가 무슨 소용이란 말인가*
고문을 참다 발뒤꿈치가 벗겨져 피가 흐르고
검푸르게 살들이 죽던 순간들을 증언하지 않는다면
시는 무엇을 노래한단 말인가
이렇게 처절하게 한 시대를 살아내다
늘 다니던 곳에서 길을 잃고 집 근처에서도 길을 묻다
마른 옥수숫대처럼 스러져간 영혼을 노래하지 않는다면
고문을 이겼어도 이길 수 없는 것들이 무수히 많은 시
대를
한 생애를 다 던져도 역류하기만 하는 시대의 격랑을

김근태를
김근태의 필생의 갈망을 노래하지 않는다면
무슨 소용 있으랴
이렇게 쓰러진 김근태를 보고도
내 시가 흐느끼지 않는다면

* 27~28행은 빠블로 네루다의 시「페데리꼬 가르시아 로르까에게
  바치는 송가」에서 인용.

# 눈물

눈물이 하는 말을 들어라
네가 아픔으로 사무칠 때
눈물이 조그맣게 속삭이던 말을 잊지 마라
눈물이 네 얼굴에 쓴 젖은 글씨를 잊지 마라
눈물은 네가 정직할 때
너를 찾아왔었다
네 마음의 우물에서
가장 차가운 것을 퍼올려
너를 위로하고
너를 씻겨주었다
네 눈물을 기억하라
눈물이 네게 고백하던 말의
그 맑은 것을 잊지 마라

# 희망의 이유*

떡갈나무 잎을 들추고 도토리를 파묻는
다람쥐의 분주한 발걸음을 보라
그대도 나도 가을까지 왔다
숲의 정강이를 싹둑싹둑 잘라버리는 기계톱의 질주에
우리의 안락한 정원이 있다고 믿지 말라
우리의 미래는
불에 탄 나무에서 다시 솟는 연둣빛 새순
하늘 꼭대기에서 거기까지
햇살의 화살 한개를 쏘고 있는
태양의 따스한 손길에 있다
국경을 넘어와 땅속 깊이 감춰진 벽을 뚫어버리는
가공할 폭탄의 힘에 한 시대의 가능성을 걸지 말라
밤의 거리에서 평화를 구하며
오들오들 떨고 있는 작은 촛불과
그 불을 받쳐든 어린 두 손에 희망이 있다
이웃나라를 손쉽게 굴복시키는 폭력을
부러워하지 말라
만년을 녹지 않는 히말라야 숫눈처럼
빛나는 순백의 영혼

오체투지로 낮아지고 가난해져서
다시 일어서는 정신에
영원한 미래의 날들이 숨어 있다
우리가 잔인하게 쓰러뜨린 것들을 자랑하지 말라
승리의 포만감으로 가득한 식탁과 살찐 육신은
우리가 죽이고 짓밟은 것들의 묘지를 이루고 있나니
오래오래 주류로 살아온 이들이 잘 차려놓은
화려한 연회장이 아니라
그들이 경멸하고 손가락질하는 소수가
소박하고 정결하게 차린 두레반에 미래가 있다
어미 잃은 어린 짐승을 감싸안으며 눈물겨워하는
모성과 연민과 자비 아니면 희망 아니다
새 한마리의 목숨과 내 목숨의 무게가 같다는 걸
받아들이지 않으면 아직도 그대는 일주문 밖이다
속도와 경쟁과 승리의 갈망에 휘둘리지 말고
그만 내려서라
댓잎 사이를 천천히 지나가는 바람의 속도
낙화 이후의 긴긴 날을 걸어가는
꽃의 발자국을 보지 못하면

그대가 달려가는 속도의 끝은 반드시 벼랑이다
증오의 말을 가르치지 말라
세상에는 반드시 지켜야 할
경전 같은 말들이 있음을 가르치되
시인의 음성으로 하라
나약하지도 않고 사납지도 않은 목소리로
신들의 노래를 따라 부르게 하라
거기 희망이 있다 그들이 희망이다
그래야 우리의 미래 오래도록 희망이다

* '희망의 이유'는 제인 구달의 책 이름이기도 하다.

# 시와 정치

## 최원식

도종환 시인은 이제 재선 의원이다. 2012년 19대 총선에서 비례대표로 국회에 진출한 그가 올 총선에서는 지역구 의원으로 재선에 올랐다. 아무리 '민주화 이후'라고 친다손, 야당 후보로 지역구에서 당선되기란 역시 어려운 법이다. 비례대표와 지역구를 특채와 공채 차별하듯 하는 건 한국 정치 후진성의 징표이긴 하지만, 내 제한된 경험에 의해도 확실히 지역구 의원은 다르긴 다르다. 유권자들과 직접 부딪쳐 민주주의를 겪어낸 자들만이 지니는 어떤 위의(威儀)를 두르기 십상인 때문이다.

그가 새 시집을 상재한다. 의원 되기 전 마지막으로 낸 시집이 『세시에서 다섯시 사이』(창비 2011)이니 5년 만인데, 그사이는 보통의 한국인에게도 정치적 허무였으매 하물며 야당 정치인에게랴. 실정(失政)에도 불구하고 다시 여당에 권력을 허용한 18대 대선으로 상기도 그 혹독한 대가의 지칠 줄 모르는 행진을 목격하게 되는 소극(笑劇)의 한복판에서 그는 어떻게 시를 쓸 수 있었을까?

정치인이 현역에서 시를 쓰고 더욱이 시집까지 출판하는 일은, 시와 정치가 동행한 왕조시대라면 몰라도, 근대 이후는 매우 드물었다. 정치가 원천적으로 봉쇄된 식민지시대에는 물론이고 현실정치가 열린 해방 이후에도 거의 없었다고 해도 무방할 터다. 송아(頌兒) 주요한과 이산(怡山) 김광섭의 경우가 있기는 하다. 일찍이 한국 근대시를 연 송아는 1950년대 후반 야당으로 민의원에 당선하고 1960년 4월혁명 직후 출범한 민주당 정권에서는 장관까지 지냈지만, 시에서는 멀찍이 물러난 뒤였다. 말하자면 '시 이후의 정치'다. 해방 직후 미군정청을 거쳐 이승만정부에 투신한 경험을 지닌 이산은 중풍을 딛고 솟은 「성북동 비둘기」 이후에야 '시인'으로 올랐으니, 송아와 달리 '정치 이후의 시'라고 할 수 있겠다. 이만큼 시와 현실정치는 거의 상극이다.

반면 한국 근현대시사에서 시와 혁명은 긴밀했다. 일본제국주의와 그 후계 체제라 할 남한 역대 독재정권에 대한 길고 긴 투쟁에 참여한 시인들의 목록은 간단없다. 이상화에서 김남주까지 합법/비합법의 공간을 넘나들며 자신을 큰 민주주의를 위한 혁명의 제단에 봉헌한 시인들은 그 경험을 바탕으로 '문학의 정치'를 구극(究極)으로 실현할 고투에까지 아득히 이르렀거니, 어쩌면 혁명 이후 그 지루한 산문을 목숨처럼 여기는 오늘의 우리 문학, 특히 시가 불쌍타.

『분단시대』 동인 출신 도종환 역시 저 '불의 80년대'에 혁명정치의 세례를 깊숙이 받은 시인이다. 『창작과비평』이 사라진 1980년대에는 등단이란 제도적 경로에 비의존적인 소집단들이 '동인'의 형태로 지방 곳곳에서 출몰한 바, 주로 청주·대구 출신으로 이루어진 『분단시대』 또한 그 하나였다. 그런데 1987년 6월항쟁과 1991년 소련 해체 이후 시나브로 시의 혁명정치는 수그렸다. 시집 속의 어느 시 제목 그대로 "그는 가고 나는 남았다". "한 시대가 그와 함께 가버"린 뒤 찾아온 "길고 남루"한 날들에 시가 갈 법한 길은 두갈래다. 모든 정치를 시에서 추방하고 순수시의 이데아로 탈주하는 정치로부터의 자유의 길 즉 탈정치화와, 연막 속으로 희미해진 혁명을 다시 소환하여 시를 재건하는 정치적 자유의 길 즉 재정치화다. 시인은 묻는다. "왜 그는 가고 나는 남았을까"(「그는 가고 나는 남았다」). 이 물음이 이 시집의 축이다. 이는 물론 그만의 것은 아니다. 1980년대에 등단하여 1990년대 이후를 살아가는 시인들의 공유일 터인데, 왜 그가 주목되는가? 현실정치 속에서 탈정치화와 재정치화를 가로질러 위태로운 제3의 길을 점수(漸修)하고 있기 때문이다.

이 시집에서 새로 배운 말들이 있다. 구례 화엄사에서 세간(世間)과 출세간(出世間)의 날카로운 대척을 사유하는

「화엄 장정」에 나오는 '겁탁(劫濁)'과 '견탁(見濁)'이다.

> 연꽃 피는 연못 밖은
> 오늘도 겁탁(劫濁)의 세상입니다
> 생사의 고통은 갈수록 깊어지고
> 역병은 창궐하며
> 견탁(見濁)의 삿된 말들은
> 끓는 물처럼 흘러넘칩니다

악한 세상을 구성하는 '오탁(五濁)'의 두 흐름인 겁탁과 견탁을 빌려 오늘의 한국 정치와 한국 사회를 침통히 요약한 이 대목에 돌올히 드러난 이 두 말은 「서유기 3」에 다시 등장한다.

> 우리는 지금 겁탁의 세상에 산다
> 굶주림과 전쟁과 질병과 재앙이 끝없는 시대
> 그릇된 믿음과
> 밑도 끝도 없는 적개심과 사악함이
> 도처에 출몰하는 견탁의 세상에 산다

재난의 끝없는 진행으로 특정되는 겁탁이 중생에 외재적이라면, 삿된 말에 미혹하여 선한 이들을 핍박하는 견탁은 중생에 내재적이다. 안팎의 흐림이 마주쳐 온 세상을

악세(惡世)로 몰아가는 말법(末法)의 시절을 요약할 '탁'이
야말로 이 시집의 열쇳말이다.

　"야만의 시대가 치욕의 시대로 이어지는 동안/날은 저
물고 해가 바뀌었다"(「눈」). 민주화가 탈민주화로 엇섞이
는 계절이 진전되면서 벌어진 한국 사회의 퇴폐라는 큰 배
경 아래 현실정치의 탁이 가로놓인다. 이 시집에는 타고난
교사요 착한 시인인 도종환이 한반도는커니와 나라조차
제대로 생각하는지 의심스러운 정치공학만 난무하는 오
늘날 한국의 정치판에서 겪은 내상의 혼적들이 도처에 임
리(淋漓)하다. "사람에게서 위로보다는 상처를 더 많이 받
는 날/해장국 한 그릇보다 따뜻한 사람이 많지 않은 날/세
상에서 받은 쓰라린 것들을 뜨거움으로 가라앉히며/매 맞
은 듯 얼얼한 몸 깊은 곳으로 내려갈/한순갈의 떨림에 가
만히 눈을 감는/늦은 아침"의 「해장국」도 절실하지만, 「병
든 짐승」에 이르면 읽는 이들도 아프게 마련이다.

　　산짐승은 몸에 병이 들면 가만히 웅크리고 있는다
　　숲이 내려보내는 바람 소리에 귀를 세우고
　　제 혀로 상처를 핥으며
　　아픈 시간이 몸을 지나가길 기다린다

　　나도 가만히 있자

그런데 탁을 보는 시인의 눈이 미묘하게 갈라진다. 「화엄 장정」이 출세간의 입장에서 세간을 부정하는 이법계(理法界)에 매여 "화엄은 오래전에 이 땅을 떠난 건 아닐까"하며 옅은 비관으로 떨어지는 것과 달리, 「서유기 3」은 "그대도 나도 사오정이다"라는 대담한 긍정으로 올라선다. 이 점에서 손오공, 저팔계, 사오정을 거쳐 삼장법사로 마무리한 「서유기」 연작이 예사롭지 않다. 대뜸 "내 안에도 저런 원숭이 같은 게 있으리라"로 시작하는 「서유기 1」은 "쉽게 격해지고 잘 참으려 하지 않는/여의봉 쥐고 바닥을 땅땅 치며 자만에 넘치는" "그렇게 세상을 들었다 놓았다 하고 싶은/호가호위하고 싶은/내가 지금 누구를 모시고 가는지 보여주고 싶은" 그런 탁을 손오공에서 보는데, 놀라운 점은 오공(悟空)을 내재화하는 정직한 자기성찰에 있다. 탁을 외부화함으로써 나를 구원하는 양분법에서 나의 근원적 흐름을 세상과 공유하는 계단으로 성큼 오른바, 세간과 출세간이 회통한 이 연작의 낙관이 귀한 것이다. 물론 그들을 짐승으로만, 또는 윤리적 덕목의 우의(寓意)로만 보는 데 나는 주저한다. 단적으로 옥황상제의 천계(天界)란 에둘러진 조정이니 그를 교란한 손오공은 일대의 혁명가요, 식탐(食貪)의 대명사 저팔계는 그의 쇠스랑을 유념컨대 굶주린 농민의 표상이기도 한 때문이다. 그럼에도 이 소설은 근본적으로는 민중이 꿈꿔온 대자유의 땅을 탐색하는 위대한 구도(求道)의 서사인지라 시인이 이

'짐승들'을 방편으로 지루한 이분법에서 멋지게 탈주할 수 있다면 이 또한 축복이 아닐 수 없다. 과연 시인은 낙관도 비관도 아닌 여여(如如)한 중도(中道)의 한 소식에 도착한다. "그 짐승들 데리고 천축까지 간다/(…)/그래서 멀다, 천축"(「서유기 4」).

탁에 대한 시적 사유가 깊어진 덕에 이 시집에는 도종환의 숨은 면모가 얼핏 드러나는 모퉁이들이 있다. 소년 도종환의 쓸쓸함이 아처로운 「슬픔의 현」도 그렇지만, 청년 도종환의 뜻밖의 불량기가 돌출한 「골목」은 '지하생활자의 수기'인 양 먹먹하다. 악한 구석이라고는 찾아보려야 찾을 수 없어 오히려 걱정인 그에게 "서툴고 미숙하고 기우뚱한 (…) 분노"에 찬 이런 골목이 웅크리고 있었다니 사람은 깊다. 아니, 그래서 시인이다. 일찍이 혁명 이후를 악령처럼 견뎌낸 도스또옙스끼를 예각적으로 포착한 「도스또옙스끼 이후의 날들」 또한 이 어두운 골목의 소산일진대, 이 시들은 도종환 특유의 교훈시에서 벗어나 시원하기조차 하다. 나도 그렇지만 선생들은 가르치려는 의욕이 고황(膏肓)이다. 내남적없이 계몽을 자제하는 노력이 절실한 때다.

이 시집의 정채(精彩)는 물론, 시를 보호하기 위한 눈물겨운 노력 속에 탄생한 일류의 서정시들이다. 「어느 저녁」은 이 시집 최고의 서정시인데, 여기서는 또다른 탁이 등장하는 「겨울 저녁」을 보자.

찬술 한잔으로 몸이 뜨거워지는 겨울밤은 좋다
그러나 눈 내리는 저녁에는 차를 끓이는 것도 좋다
뜨거움이 왜 따뜻함이 되어야 하는지 생각하며
찻잔을 두 손으로 감싸쥐고 있는 겨울 저녁
거세개탁(擧世皆濁)이라 쓰던 붓과 화선지도 밀어놓고
쌓인 눈 위에 찍은 산짐승 발자국 위로
다시 내리는 눈발을 바라본다
대숲을 흔들던 바람이 산을 넘어간 뒤
숲에는 바람 소리도 흔적 없고
상심한 짐승들은 모습을 보이지 않은 지 여러날
그동안 너무 뜨거웠으므로
딱딱한 찻잎을 녹이며 천천히 열기를 낮추는 다기처럼
나도 몸을 녹이며 가만히 눈을 감는다


'거세개탁'은 굴원의 「어부사(漁父辭)」에 나오는 유명한
구절이다. 사(辭)란 시적 산문 또는 산문시이거니, 초(楚)
에서 쫓겨나 강가를 배회하는 굴원과 그를 알아본 어부의
대화체로 된 「어부사」는 텍스트가 겹이다. "온 세상이 탁
한데 나 홀로 맑다(擧世皆濁我獨淸)"는 굴원의 말에 "성인
(聖人)은 (…) 능히 세상과 더불어 변통하여 나아간다"고
어부가 대꾸하고, 다시 굴원이 탁과는 어울릴 수 없다고
고결을 강조하자 어부가 빙그레 웃고 돛대를 두드려 노래

하며 떠나는데, 가로되 "창랑의 물이 맑으면 내 갓끈을 씻고 창랑의 물이 흐리면 내 발을 닦으리라(滄浪之水淸兮 可以濯吾纓 滄浪之水濁兮 可以濯吾足)"라는 명구다. 어부란 어은(漁隱)이다. 탁한 세상을 탁한 대로 살고도 싶은 굴원의 내심이 어부에 비치는 듯도 하거니와, 시인 안에서 일어나는 유가(儒家)와 도가(道家)의 투쟁이 예리하기조차 하다. 이 시는 과연 누구에 방점을 찍는가? 텍스트 안에서 굴원은 좁고 어부는 멋있다. 그런데 「어부사」는 텍스트 바깥으로 연락된다. 굴원은 독한 자기풍자를 딛고 멱라에 투신한 바, 그리하여 어부를 밀고 불멸에 들었다. 사실 굴원보다 어부가 더 '독청(獨淸)'이다.

도종환은 누구를 따르는가? "거세개탁(擧世皆濁)이라 쓰던 붓과 화선지도 밀어놓고"니 굴원의 길은 아니다. 정치판에서 훈습(薰習)된 탁기를 숲속의 오두막에서 정동(情動)의 술이 아니라 평담(平淡)의 차로 다스리는 모습은 방황하는 굴원보다 내공의 어부에 가깝기도 하지만, 도종환이 탁한 세상은 밀어두고 어부로 숨는 도가를 꿈꾸는 것은 물론 아니다. 탁세(濁世)에 대한 저항으로 자결을 선택한 굴원의 물속도 아니고 탁세를 수용하면서 거부하는 내적 망명의 길을 작작히 걸어간 어부의 물가도 아닌 곳, 도종환의 거처는 위태롭다. 전투에서 돌아와 다시 그 끔찍한 싸움터로 나서기 직전 자신의 몸과 마음을 다스리는 그 어름이 시인-정치가 도종환의 서정시가 탄생하는 묘처이거니와, 그 생산의 비밀을 단적으로 보여주는 시가 바로「겨울 저녁」인 셈이다.

한편 이 시집에 가톨릭이 중요롭다. 서정시와 가톨릭이 만난 뜻깊은 시편들로 기록될「존 리 신부」나 특히「십일조」가 감동적이다. 엄혹한 시절, 자기구제에 골몰한 정지용의 가톨릭을 넘어 '세속 안에서의 자유'를 다짐한 도종환의 가톨릭은 자기구제와 사회구제의 이분법을 가로지른다. "남을 위해 기도하고/세상을 위해 일하며/인생의 십분의 일을 바치"겠다는 다짐이 "어머니가 늘 나를 위해 기도하시므로"의 뒤에 놓여 오히려 미쁘다. 그야말로 도산(島山)의 애기애타(愛己愛他)다. 가톨릭 안에 유불도(儒佛道)를 녹이고, 다시 가톨릭을 유불도로 되감은 도종환의 경건이 탁 속에서 탁을 뒤집어쓰고 탁 바깥을 사유하는 간난한 시의 길을 감내케 할 고갱이일까보다.

도종환은 이 시집을 통해 현실정치의 탁 속에서도 시의 위의를 견지할 수 있음을 훌륭하게 보여주었다. 사실 이것만으로도 대단하다. 그러나 단 한번의 빛나는 폭발로 불멸에 드는 짧은 길이 아니라 "그 짐승들 데리고 천축까지" 먼 길을 가겠다는 시인의 서원을 상기할 때, 시를 방어하려는 '앨쓴' 고투로부터 이젠 더 자유로워져야 할 듯싶다. '5월 광주'에서 '4월 세월호'로 이동 중인 사회시는 아직 언어 근처다. 21세기 한국의 운명을 가를 엄중한 시간이 다가오고 있음에도 정치도 거의 부재다. "천국으로 가는 가장 유

효한 방법은 지옥으로 가는 길을 숙지하는 것"(마끼아벨리)이라는 말을 빌릴 것도 없이, 한국의 정치는 도종환 시인의 현실이다. 어느새 가망 없는 지경에 몰린 이 나라를 구원할 정치의 귀환이 그의 시적 실험과 간신히 간신히 만나기를 기대하면서, '지루한 성공'으로 가는 시인-정치가 도종환의 여정이 일로순풍(一路順風)하기를 기도한다.

崔元植 | 문학평론가

시골집에 작은 연못이 있습니다. 거기 수련 한포기가 살고 있습니다.

나는 수련에게 왜 더러운 진흙 속에 뿌리 내리고 있느냐고 묻지 않습니다.

진흙이야말로 존재의 바탕이요 수련의 현실이며 운명입니다.

사람들은 제게 왜 진흙탕 속으로 들어가느냐고 묻습니다.

진흙이야말로 있는 그대로의 우리의 현실 아닐까요.

아비규환의 현실, 고통과 절규와 슬픔과 궁핍과 몸부림의 현실.

그 속에 들어가지 않고 어떻게 현실을 조금이라도 바꿀수 있을까요. 집을 짓기 위해 벽돌을 찍으려면 몸에 흙이묻습니다. 집을 고쳐 지으려면 흙먼지를 뒤집어쓰게 됩니다. 지난 사년간 온몸에 흙을 묻히고, 흙먼지를 뒤집어쓴

채 이 시들을 썼습니다.

　구도의 길과 세속의 길은 서로 달라 보이지만 크게 다르지 않습니다.
　수행을 통해 가고자 하는 길과 사랑을 실천하면서 가고자 하는 길이 다르지 않기 때문입니다.

2016년 10월
도종환

창비시선 403

사월 바다

초판 1쇄 발행 / 2016년 10월 21일
초판 6쇄 발행 / 2023년 3월 24일

지은이 / 도종환
펴낸이 / 강일우
책임편집 / 김선영
조판 / 박지현
펴낸곳 / (주)창비
등록 / 1986년 8월 5일 제85호
주소 / 10881 경기도 파주시 회동길 184
전화 / 031-955-3333
팩시밀리 / 영업 031-955-3399 편집 031-955-3400
홈페이지 / www.changbi.com
전자우편 / lit@changbi.com